主　编　王守国

副主编　杨志学

我引黄河心上流

历代黄河诗歌辞赋选

河南文艺出版社
·郑州·

图书在版编目(CIP)数据

我引黄河心上流:历代黄河诗歌词赋选/王守国主
编. —郑州:河南文艺出版社,2020.6
ISBN 978-7-5559-0965-1

Ⅰ.①我… Ⅱ.①王… Ⅲ.①诗词-作品集-中国
Ⅳ.①I22

中国版本图书馆 CIP 数据核字(2020)第 060489 号

出版发行　河南文艺出版社
本社地址　郑州市郑东新区祥盛街 27 号 C 座 5 楼
邮政编码　450018
承印单位　河南瑞之光印刷股份有限公司
经销单位　新华书店
纸张规格　700 毫米×1000 毫米　1/16
印　　张　17
字　　数　237 000
版　　次　2020 年 6 月第 1 版
印　　次　2020 年 6 月第 1 次印刷
定　　价　48.00 元

印厂地址　河南省武陟县产业集聚区东区(詹店镇)泰安路
邮政编码　454950　　电话　0391-2527860

编选说明

一、本书编选的主要内容，包括"古代诗词""古今辞赋""白话新诗"三个部分，一共收录作品149首（篇）。

二、"古代诗词"部分87首，按作者出生先后顺序排列。

三、"古今辞赋"部分19篇，其中古代辞赋7篇，按作者出生顺序排列。当代辞赋12篇，略分为三种情况：（一）沿黄景点的《黄河源赋》《黄河三峡赋》《黄河金岸赋》《小浪底赋》4篇专题性作品，从黄河源开始向后顺序排列；（二）综合性的《黄河颂》《黄河吟》《中华母亲河赋》3篇作品随后排列；（三）综合性的《黄河赋》5篇作品最后排列。

四、"白话新诗"部分共选录41人的43首作品。鉴于光未然组诗《黄河大合唱》的特殊历史作用，单排在本部分作品前面。其他40人的作品，按照作者出生先后顺序排列。

五、"古代诗词"部分由王国钦编选。其中《木兰辞》注释来源于网络，贡泰父《黄河行》一篇由刘玉叶注释。"古今辞赋"部分的古代辞赋，由刘玉叶编选、校勘、注释；"古今辞赋"中的当代辞赋由王国钦编选。"白话新诗"作品由杨志学编选。

六、所有作者简介，统一在100字左右，由编选者根据资料撰写完成。对于作者资料不详者，暂付阙如。

七、书中所有书画作品，由王守国、姜宝平协调、编选。

八、书中的律绝及八句以内的古风，按两句一行排版；十句以上的古风、排律、歌行及辞赋作品，全部接排；词、曲作品，上、下阕之间空两格。

九、本书"古代辞赋"部分的个别内容，在《现代汉语词典》中没有简写的繁体字依然保持原貌。

目 录

卷二　古今辞赋

卷三　白话新诗

序：

一幅栩栩如生的立体黄河画卷

程遂营

2020 岁初，当国人持续在与新型冠状病毒肺炎疾疫艰苦斗争之际，当大部分人宅在家里静待春暖花开之时，中原出版传媒集团所属河南文艺出版社的同志，却在"闲中偷忙"地谋划一本历代有关黄河诗歌辞赋《我引黄河心上流》的出版，并热情地邀我作序。

20 年以前，我曾以《唐宋开封生态环境研究》为题，在博士论文里部分涉及了黄河生态文明的问题。2016 年，我又应邀在央视《百家讲坛》主讲了 15 集系列节目《黄河上的古都》。其间，还写过一些关于黄河生态、文化和旅游的论文。

客观而言，有关黄河辞赋的问题我还只停留在简单认知层面，真正研读过的相关辞赋并不多。好在王守国、王国钦两位先生对黄河辞赋有较为长期和深入的研究。他们此前已做了大量工作，整部书稿业已形成较为详细的体系。详阅他们提供的《我引黄河心上流》编辑大纲、目录及部分辞赋作品，令我难抑心潮澎湃！

古希腊历史学家希罗多德曾经说过这样一句话："埃及是尼罗河的赠礼！"高度概括了尼罗河与古埃及文明之间的关系。

　　比希罗多德更早，生活在中国的两位圣哲也曾有过一段被历史铭记的对话。孔子周游列国时，专门慕名到东周的都城洛阳，向老子请教为政治国之道。临别的时候，老子指着奔腾咆哮的黄河对孔子说："上善若水。水善利万物而不争，处众人之所恶，故几于道。"此乃谦下之德也。这就是中国文化传统里影响深远的"上善若水"观念的来历。

　　中外圣哲跨越万里时空，不约而同地高度评价了水之于人类文明的重大意义。

　　黄河发源于我国的青海省，流经青海、四川、甘肃、宁夏、内蒙古、陕西、山西、河南，在山东注入渤海。全长约5464公里，是仅次于长江的第二长河。中国地大物博，全国的江河有数千条，大江大河也有数十条。不过，在如此众多的河流里，没有任何一条河流像黄河一样对中华文明的影响如此至深且远！

　　比老子、孔子更早的"大禹治水"时期，黄河在我们祖先的眼里是一条桀骜不驯的巨龙、猛兽。人们不了解黄河的规律，对黄河怀着敬畏乃至惧怕的心理。鲧、禹父子，一开始也不知道是堵还是疏，如何堵，又如何疏？甚至，商周时期的帝王每年都要举行大礼，祭拜黄河以求得天下平安。

　　据历史记载，禹的儿子夏启建立我国历史上第一个奴隶制王朝夏朝以后，都城频繁迁徙。在夏朝延续500多年的统治时间里，迁都达10次以上，平均不到50年就迁都一次。商朝在"盘庚迁殷"以前300年的时间里，也至少迁了五次都，平均60年左右就迁都一次。夏、商两朝的频繁迁都，固然有多方面原因，不过与黄河频繁泛滥也有脱不了的干系。

到了比老子、孔子稍晚的战国时代，人们逐渐把握了黄河安流与泛滥的规律，开始把黄河水害变为黄河水利。魏惠王开凿了鸿沟，引黄河水作为水源，在中原地区构建了四通八达的水运网络。隋炀帝则在鸿沟的基础上开凿了通济渠，第一次把海河、黄河、淮河、长江和钱塘江五大河流连为一体，形成了纵贯南北的水上交通大动脉——大运河。此后直到清朝末期，在长达1000多年的时间里，大运河如同今日的高速公路、高速铁路，始终发挥着不可替代的连通南北、互通有无的巨大航运作用。

我们的先祖们，正是通过治理黄河认识了大自然，通过亲近黄河真正读懂了人类自己！从这个意义上讲，我们完全可以说："中原是黄河的赠礼""关中平原是黄河的赠礼""河套平原是黄河的赠礼"……

在中华文明发展的历史上，大江、大河、大湖，各自哺育不同的城市和文明；而中小型江河、湖泊，则哺育中小城镇、乡村及其文明。在所有大江、大河哺育城市的文明过程中，黄河是最慷慨的。它不仅哺育了河湟谷地、银川平原、河套平原、关中平原、黄淮大平原，还哺育了西宁、兰州、银川、太原、西安、洛阳、郑州、开封、安阳等沿河发展繁荣起来的大都市。在现代流行的"八大古都"中，由黄河哺育的大古都就有西安、洛阳、郑州、开封、安阳五座。而历史上以黄河中下游地区为中心出现的"文景之治""贞观之治"和"开元盛世"等，则代表了中国历史上的灿烂盛世，至今为人们津津乐道。

现代社会，很多人都愿意"北漂"或"南漂"，希望到北京或者南方的上海、广州、深圳等大城市去淘金，去实现自己的人生梦想。而在中华五千年文明前四千年左右的时间里，特别是汉唐盛世，大多数人却会不约而同地"西漂"长安、"中漂"洛阳、"东漂"汴京。那何尝不是一个典型的"黄漂"时代呢！

这一切，也许是后人把黄河称作中华民族"母亲河"的重要原因所在吧。

然而，水火也有最无情的一面！

黄河在内蒙古的河口镇以上为上游，在河南的桃花峪以下为下游。上游以山地为主，因洪水泛滥造成的灾害较少。中、下游以平原、丘陵为主，由于中段流经黄土高原并夹带了大量的泥沙，使黄河成为世界上含沙量最多的河流。据统计，每年都有数亿吨泥沙淤积在下游河段，以至形成世界上少有的地上悬河，从而为黄河的大规模泛滥埋下了祸根。

在有历史记载的两千多年中，黄河下游决口泛滥达 1500 余次，较大的改道有 26 次之多。面对如此频繁的河患，"治黄""保运"成为元、明、清时期的国家要务，河清与河晏成为人们的美好梦想与期盼！

也正是在黄河水患肆虐和近代工业文明的冲击下，依托农耕文明发展繁荣的黄河流域经济和社会发展，开始逐步滞后于东南地区，在现代经济大潮中渐次落伍。于是，黄河流域的人们不禁发出了"成也黄河，败也黄河"的沉重叹息！

当然，黄河是自在的、无辜的。大书法家王羲之在《兰亭集序》中，曾清醒地表达过他的历史观："后之视今，亦犹今之视昔。"那么，古人是如何看待黄河的？今人又将如何对待黄河，给后代子孙留下一条什么样的黄河呢？

　　这本由历代诗歌辞赋作品汇集而成的《我引黄河心上流》，就给我们展示了古人和今人眼里黄河的模样及愿景。

　　"赋"是我国古代的一种韵文体，介于诗歌与散文之间，类似于后世的散文诗。严格来说，"赋"在本意上并不包括诗歌和散文。但从字义上来讲，"赋"又有创作、吟咏之意。所以，广义的"赋"又可以是包括诗歌、文赋、词曲在内的多种文学作品。而呈现在大家面前的《我引黄河心上流》，就是一部历代诗人词家抑或政治家的"赋黄河"之作。

　　在我国数千年的历史长河中，"赋黄河"的作品历朝历代都有不少，《我引黄河心上流》就精心筛选了不同时期与黄河有关的149首（篇）文学性作品，包括古代诗词、古今辞赋、白话新诗三个主要部分。在我看来，这种编选布局具备如下几个明显特点：

　　一是取舍得当，较为全面。涵盖了古今诗词、辞赋等歌咏黄河的不同形式的文学作品，作者群体涵盖了上至帝王、贵族，下至文人士子和当代作家。其中，既有《诗经》及唐宋诗词佳作，有汉武帝亲临黄河决口处即兴所作的《瓠子歌》，西晋成公绥由衷赞美黄河的《大河赋》，有李祁、周光镐、刘咸、薛瑄以及当代诗赋家王国钦等不同时代的《黄河赋》，也有艾青、郭小川、贺敬之、流沙河、杨志学以及香港作家刘济昆等著名诗人歌咏黄河的现当代诗篇。鉴于光未然先生的《黄河大合唱》在中国现代历史上的巨大精神鼓舞作用，也选录了他的《黄河颂》《黄水谣》《保卫黄河》等三段歌词，可见编选者用心之独到。

　　二是纵贯历史，古今结合。全书从《诗经》、魏晋辞赋、唐诗宋词，到元、明、清以及当代诗歌、歌曲歌词，穿越时空，纵贯古今，为读者呈现出不同时期、不同背景下，不同作者、不同心态下歌咏黄河的千百样貌，构成了一幅栩栩如生的立体黄河画卷。吟咏之余，往往令人口齿生香，慨叹不已！

三是以史为鉴，面向未来。历史是一面镜子，中华儿女在黄河流域的大规模活动已达五千年左右，黄河流域的土壤肥力在减退、黄河流域的植被在减少、黄河流域的水质污染在加剧，黄河母亲已不堪重负。未来，我们将如何理性对待黄河和黄河文明，如何按照自然规律发展人类社会，已经成为摆在我们面前不可回避的重大课题！我相信，这也是《我引黄河心上流》带给读者的关于黄河现状和未来的深层次思考。

此为序。

2020 年 2 月 20 日　于开封仁和小区

《沁园春·雪》 毛泽东 词并书

《听涛》 王葳 绘

《壶口北望》 谢瑞阶 绘

黄河西来啸吟千古青史

大江东去高调万代经编

二〇一〇年仲秋张海书于京都

"黄河大江"联　张海　书

九曲黄河奔腾向前历
青川甘宁蒙陕晋豫鲁
九省为中华文明发源自
三皇五帝　河图洛书以下
涵括仰韶龙山古文化天为
殷墟甲骨文字乃汉文字之
祖五千年华夏文明生生
於斯也
庚子孟正
陈振濂书

九曲黄河奔腾向前　陈振濂　撰并书

啊朋友黄河以它英雄的气魄出现在亚洲的原野它表现出我们民族的精神伟大而又坚强这里我们向着黄河唱出我们的赞歌我站在高山之巅望黄河滚滚奔向东南惊涛澎湃掀起万丈狂澜浊流宛转结成九曲连环从昆仑山下奔向黄海之边把中原大地劈成南北两面啊黄河你是中华民族的摇篮五千年的古国文化从你这儿发源多少英雄的故事在你的身边扮演啊黄河你是伟大坚强像一个巨人出现在亚洲平原之上用你那英雄的体魄筑成我们民族的屏障啊黄河你一泻万丈浩浩荡荡向南北两岸伸出千万条铁的臂膀我们民族的伟大精神将要在你的哺育下发扬滋长我们祖国的英雄儿女将要学习你的榜样像你一样的伟大坚强像你一样的伟大坚强

敬录著名诗人光未然黄河颂庚子宋华平

《黄河颂并序》 光未然 词 宋华平 书

李白《将进酒》　周俊杰　书

金樽清酒斗十千玉盤珍羞值萬錢停杯投箸不
能食拔劍四顧心茫然欲渡黃河冰塞川將登太
行雪滿山閑來垂釣坐谿上忽復乘舟夢日邊行
路難行路難多岐路今安在長風破浪會有時直
掛雲颿濟滄海 李白詩行路難 李剛田書
玉多清舍

河流迅且濁湯湯不可陵檜楫難為榜松
舟艫自勝空庭偃舊木荒疇餘故塍不
覩人行迹但見狐兔興寄言河上老此水
何當澄 此錄范雲渡黃河詩 庚子水一方居復生

谢榛《渡黄河》　张建才　书

卷一

古代诗词

关　雎

诗经·国风·周南

关关雎鸠，在河之洲。窈窕淑女，君子好逑。参差荇菜，左右流之。窈窕淑女，寤寐求之。求之不得，寤寐思服。悠哉悠哉，辗转反侧。

【周南】指周以南之地，是周公旦的封地，即今河南西南部及湖北西北部一带。《关雎》是《诗经》中的第一首诗歌。

河　广

诗经·国风·卫风

谁谓河广？一苇杭之。谁谓宋远？跂予望之。谁谓河广？曾不容刀。谁谓宋远？曾不崇朝。

【卫风】《诗经》十五国风之一，主要是先秦时期的卫地汉族民歌。

瓠子歌

汉·刘彻

其　一

瓠子决兮将奈何，浩浩洋洋兮虑殚为河。殚为河兮地不得宁，功无已时兮吾山平。吾山平兮巨野溢，鱼弗忧兮柏冬日。正道驰兮离常流，蛟龙骋兮放远游。归旧川兮神哉沛，不封禅兮安知外。为我谓河伯兮何不仁，泛滥不止兮愁吾人。齿桑浮兮淮泗满，久不返兮水维缓。

其　二

河汤汤兮激潺湲，北渡回兮汛流难。搴长筊兮湛美玉，河伯许兮薪不属。薪不属兮卫人罪，烧萧条兮噫乎何以御水。颓林竹兮楗石菑，宣防塞兮万福来。

【作者简介】汉武帝刘彻（前156年—前87年），西汉第七位皇帝，杰出的政治家、战略家、诗人。

咏　怀

魏晋·阮籍

炎光延万里，洪川荡湍濑。弯弓挂扶桑，长剑倚天外。泰山成砥砺，黄河为裳带。视彼庄周子，荣枯何足赖？捐身弃中原，乌鸢作患害。岂若雄杰士，功名从此大。

【作者简介】阮籍（210 年—263 年），字嗣宗，陈留尉氏（今属河南开封）人。三国时期魏国诗人，"竹林七贤"之一。曾任步兵校尉，世称阮步兵。

明君词

南北朝·王偃

北望单于日半斜，明君马上泣胡沙。
一双泪滴黄河水，应得东流入汉家。

【作者简介】王偃（400 年—455 年），字子游，琅邪临沂（今山东省临沂市）人。南朝宋外戚大臣，官至右光禄大夫、散骑常侍等。

渡黄河诗

南北朝·范云

　　河流迅且浊，汤汤不可陵。桧楫难为榜，松舟才自胜。空庭偃旧木，荒畴余故塍。不睹人行迹，但见狐兔兴。寄言河上老，此水何当澄。

　　【作者简介】范云（451 年—503 年），南乡舞阴（今河南泌阳县西北）人，南朝文学家。范缜从弟，为"竟陵八友"之一。齐武帝永明十年（492 年）与萧琛一起出使北魏，受到魏孝文帝的称赏。

木兰辞

南北朝·佚名

　　唧唧复唧唧，木兰当户织。不闻机杼声，唯闻女叹息。问女何所思，问女何所忆。女亦无所思，女亦无所忆。昨夜见军帖，可汗大点兵，军书十二卷，卷卷有爷名。阿爷无大儿，木兰无长兄，愿为市鞍马，从此替爷征。东市买骏马，西市买鞍鞯，南市买辔头，北市买长鞭。旦辞爷娘去，暮宿黄河边，不闻爷娘唤女声，但闻黄河流水鸣溅溅。旦辞黄河去，暮至黑山头，不闻爷娘唤女声，但闻燕山胡骑鸣啾啾。万里赴戎机，关山度若飞。朔气传金柝，寒光照铁衣。将军百战死，壮士十年归。归来见天子，天子坐明堂。策勋十二转，赏赐百千强。可汗问所欲，木兰不用尚书郎，愿驰千里足，送儿还故乡。爷娘闻女来，出郭相扶将；阿姊闻妹来，当户理红妆；小弟闻姊来，磨刀霍霍向猪羊。开我东阁门，坐我西阁床，脱我战时袍，著我旧时裳。当窗理云鬓，对镜帖花黄。出门看伙伴，伙伴皆惊忙：同行十二年，不知木兰是女郎。雄兔脚扑朔，雌兔眼迷离；双兔傍地走，安能辨我是雄雌？

注　释

唧（jī）唧：纺织机的声音。

机杼（zhù）声：织布机发出的声音。杼，织布的梭子。

军帖（tiě）：征兵的文书。

可汗（kèhán）：古代西北地区少数民族对君主的称呼。大点兵：大规模征兵。

军书十二卷：征兵的名册很多卷。十二，表示很多。下文的"十年""十二转""十二年"等，用法与此相同。

爷：和下文的"阿爷"一样，都指父亲。当时北方呼父为"阿爷"。

愿为市鞍（ān）马：市，作动词用，指到市场上购买。鞍马，马匹和乘马用具。

鞯（jiān）：马鞍下的垫子。

辔（pèi）头：驾驭牲口用的嚼子、笼头和缰绳。

溅（jiān）溅：水流激射的声音。

旦：早晨。

暮：夜晚。黑山：位于今呼和浩特市东南。

戎机：军机，指战争。

朔（shuò）气传金柝：北方的寒气传送着打更的声音。朔，北方。金柝（tuò），即刁斗。古代军中用的一种铁锅，白天用来做饭，晚上用来报更。

铁衣：古代战士穿的带有铁片的战衣。

天子：即前面所说的"可汗"。

明堂：皇帝用来祭祀、接见诸侯、选拔人才等所用的殿堂。

策勋十二转（zhuǎn）：记很大的功。策勋，记功。转，勋级每升一级叫一转，十二转为最高的勋级。十二转，不是确数，形容功劳极高。

赏赐百千强（qiáng）：赏赐很多的财物。百千，形容数量多。强，有余。

不用：不为，不做。尚书郎：官名，魏晋以后在尚书台（省）下分设若干曹（部），主持各曹事务的官通称尚书郎。

千里足：可驰千里的脚力，指好马。一作"愿借明驼千里足"，均指愿得良骑速回故乡。

郭：外城。

理：梳理。红妆（zhuāng）：女子的艳丽装束。

霍（huò）霍：磨刀迅速时发出的声音。一说，刀光闪动疾速貌。

著（zhuó）：通假字，通"着"，穿。

云鬓（bìn）：像云那样的鬓发，形容好看的头发。

帖（tiē）花黄：当时流行的一种化妆款式，把金黄色的纸剪成星、月、花、鸟等形状贴在额上，或在额上涂一点黄的颜色。帖，同"贴"。花黄，古代妇女的一种面部装饰物。

"雄兔"二句：据说，提着兔子的耳朵悬在半空时，雄兔两只前脚时时动弹，雌兔两只眼睛时常眯着，所以容易辨认。扑朔：形容雄兔脚上的毛蓬松的样子。迷离：形容雌兔的眼睛被蓬松的毛遮蔽的样子。

"双兔"二句：当两只兔子一起在地上跑时便区别不出它们的雌雄。傍（bàng）地走，指在地上跑。"雄兔"四句通过雄兔、雌兔在跑动时不能区别的比喻，对木兰的才能和智慧加以赞扬和肯定，传达了一种"谁说女子不如男"的观念。

晚渡黄河

唐·骆宾王

千里寻归路，一苇乱平源。通波连马颊，迸水急龙门。照日荣光净，惊风瑞浪翻。棹唱临风断，樵讴入听喧。岸迥秋霞落，潭深夕雾繁。谁堪逝川上，日暮不归魂。

【作者简介】骆宾王（约638年—684年），字观光，婺州义乌（今浙江义乌）人，唐代著名诗人，与王勃、杨炯、卢照邻合称"初唐四杰"。

又送别

唐·李峤

岐路方为客，芳尊暂解颜。

人随转蓬去，春伴落梅还。

白云度汾水，黄河绕晋关。

离心不可问，宿昔鬓成斑。

【作者简介】李峤（645年—714年），字巨山，赵郡赞皇（今河北赞皇县）人。唐朝时期宰相，与苏味道、杜审言、崔融合称"文章四友"。

登鹳雀楼

唐·王之涣

白日依山尽，黄河入海流。

欲穷千里目，更上一层楼。

【作者简介】王之涣（688年—742年），字季凌，盛唐著名诗人，绛州（今山西新绛县）人。常与高适、王昌龄等相唱和，以善于描写边塞风光著称。其作品现仅存六首绝句，其中三首边塞诗。《登鹳雀楼》《凉州词》为其代表作。章太炎推《凉州词》为"绝句之最"。

凉州词（二首之一）

唐·王之涣

黄河远上白云间，一片孤城万仞山。
羌笛何须怨杨柳，春风不度玉门关。

旅　望

唐·李颀

百花原头望京师，黄河水流无尽时。
穷秋旷野行人绝，马首东来知是谁。

【作者简介】李颀（690年—751年），河南颍阳（今河南登封）一带人。唐代诗人，擅长七言歌行边塞诗，主要作品有《李颀集》。

送裴图南

唐·王昌龄

黄河渡头归问津，离家几日茱萸新。
漫道闺中飞破镜，犹看陌上别行人。

【作者简介】王昌龄（698年—757年），字少伯，河东晋阳（今山西太原）人。盛唐著名边塞诗人，后人誉之为"七绝圣手"。与李白、高适、王维、王之涣、岑参等人交往深厚。

使至塞上

唐·王维

单车欲问边，属国过居延。
征蓬出汉塞，归雁入胡天。
大漠孤烟直，长河落日圆。
萧关逢侯骑，都护在燕然。

【作者简介】王维（701年—761年），字摩诘，号摩诘居士。河东蒲州

（今山西运城）人，唐朝著名诗人，尤长五言。多咏山水田园，与孟浩然合称

"王孟"。参禅悟理，学庄信道，精通诗、书、画、音乐等，有"诗佛"之称。

苏轼曾评价道："味摩诘之诗，诗中有画；观摩诘之画，画中有诗。"著作有

《王右丞集》等。

榆林郡歌

唐·王维

山头松柏林，山下泉声伤客心。

千里万里春草色，黄河东流流不息。

黄龙戍上游侠儿，愁逢汉使不相识。

送魏郡李太守赴任

唐·王维

　　与君伯氏别，又欲与君离。君行无几日，当复隔山陂。苍茫秦
川尽，日落桃林塞。独树临关门，黄河向天外。前经洛阳陌，宛洛
故人稀。故人离别尽，淇上转骖騑。企予悲送远，惆怅睢阳路。古

木官渡平，秋城邺宫故。想君行县日，其出从如云。遥思魏公子，复忆李将军。

西岳云台歌送丹丘子

唐·李白

西岳峥嵘何壮哉！黄河如丝天际来。黄河万里触山动，盘涡毂转秦地雷。荣光休气纷五彩，千年一清圣人在。巨灵咆哮擘两山，洪波喷箭射东海。三峰却立如欲摧，翠崖丹谷高掌开。白帝金精运元气，石作莲花云作台。云台阁道连窈冥，中有不死丹丘生。明星玉女备洒扫，麻姑搔背指爪轻。我皇手把天地户，丹丘谈天与天语。九重出入生光辉，东来蓬莱复西归。玉浆倘惠故人饮，骑二茅龙上天飞。

【作者简介】李白（701年—762年），字太白，号青莲居士。唐代伟大的浪漫主义诗人，其乐府、歌行及绝句成就为最高。其歌行，达到一种任意随性、变幻莫测、摇曳多姿的神奇境界。其绝句，自然明快，飘逸潇洒，能以简洁明快的语言表达出无尽的情思。其诗中常将想象、夸张、比喻、拟人等手法综合运用，从而造成神奇异彩、瑰丽动人的意境，讴歌祖国山河与美丽的自然风光。其风格雄奇奔放，俊逸清新，富有浪漫主义精神，达到了内容与艺术的完美统一，被贺知章称为"谪仙人"。后人誉之为"诗仙"，与杜甫并称为"李杜"。

公无渡河

唐·李白

黄河西来决昆仑，咆哮万里触龙门。波滔天，尧咨嗟。大禹理百川，儿啼不窥家。杀湍湮洪水，九州始蚕麻。其害乃去，茫然风沙。被发之叟狂而痴，清晨临流欲奚为。旁人不惜妻止之，公无渡河苦渡之。虎可搏，河难凭，公果溺死流海湄。有长鲸白齿若雪山，公乎公乎挂胃于其间。箜篌所悲竟不还。

赠裴十四

唐·李白

朝见裴叔则，朗如行玉山。黄河落天走东海，万里写入胸怀间。身骑白鼋不敢度，金高南山买君顾。徘徊六合无相知，飘若浮云且西去！

行路难（三首选一）

唐·李白

金樽清酒斗十千，玉盘珍羞直万钱。停杯投箸不能食，拔剑四顾心茫然。欲渡黄河冰塞川，将登太行雪满山。闲来垂钓碧溪上，忽复乘舟梦日边。行路难！行路难！多歧路，今安在？长风破浪会有时，直挂云帆济沧海。

将进酒

唐·李白

君不见，黄河之水天上来，奔流到海不复回。君不见，高堂明镜悲白发，朝如青丝暮成雪。人生得意须尽欢，莫使金樽空对月！天生我材必有用，千金散尽还复来。烹羊宰牛且为乐，会须一饮三百杯！岑夫子，丹丘生，将进酒，君莫停！与君歌一曲，请君为我侧耳听。钟鼓馔玉不足贵，但愿长醉不愿醒！古来圣贤皆寂寞，惟有饮者留其名！陈王昔时宴平乐，斗酒十千恣欢谑。主人何为言少钱？径须沽取对君酌。五花马，千金裘，呼儿将出换美酒，与尔同销万古愁。

发白马

唐·李白

将军发白马，旌节度黄河。箫鼓聒川岳，沧溟涌涛波。武安有振瓦，易水无寒歌。铁骑若雪山，饮流涸滹沱。扬兵猎月窟，转战略朝那。倚剑登燕然，边烽列嵯峨。萧条万里外，耕作五原多。一扫清大漠，包虎戢金戈。

北风行

唐·李白

烛龙栖寒门，光曜犹旦开。日月照之何不及此？惟有北风号怒天上来。燕山雪花大如席，片片吹落轩辕台。幽州思妇十二月，停歌罢笑双蛾摧。倚门望行人，念君长城苦寒良可哀。别时提剑救边去，遗此虎文金鞞靫。中有一双白羽箭，蜘蛛结网生尘埃。箭空在，人今战死不复回。不忍见此物，焚之已成灰。黄河捧土尚可塞，北风雨雪恨难裁。

寄远（十一首选一）

唐·李白

阳台隔楚水，春草生黄河。

相思无日夜，浩荡若流波。

流波向海去，欲见终无因。

遥将一点泪，远寄如花人。

赠崔侍郎（二首之一）

唐·李白

黄河三尺鲤，本在孟津居。

点额不成龙，归来伴凡鱼。

故人东海客，一见借吹嘘。

风涛倘相见，更欲凌昆墟。

古风（五十九首之十一）

唐·李白

　　黄河走东溟，白日落西海。逝川与流光，飘忽不相待。春容舍我去，秋发已衰改。人生非寒松，年貌岂长在。吾当乘云螭，吸景驻光彩。

登水门楼，见亡友张贞期题望黄河诗，因以感兴

唐·崔曙

　　吾友东南美，昔闻登此楼。人随川上逝，书向壁中留。严子好真隐，谢公耽远游。清风初作颂，暇日复销忧。时与文字古，迹将山水幽。已孤苍生望，空见黄河流。流落年将晚，悲凉物已秋。天高不可问，掩泣赴行舟。

　　【作者简介】崔曙（约704年—739年），宋州（今河南商丘）人，曾隐居河南嵩山。以《试明堂火珠》诗得名。

自淇涉黄河途中作（十三首选一）

唐·高适

东入黄河水，茫茫泛纡直。

北望太行山，峨峨半天色。

山河相映带，深浅未可测。

自昔有贤才，相逢不相识。

【作者简介】高适（约704年—约765年），字达夫、仲武。唐代著名的边塞诗人，渤海郡（今河北景县）人，后迁居宋州宋城（今河南商丘睢阳）。高适与岑参并称"高岑"。开封禹王台五贤祠专为高适、李白、杜甫、何景明、李梦阳而立。

塞下曲（四首选一）

唐·常建

龙斗雌雄势已分，山崩鬼哭恨将军。

黄河直北千余里，冤气苍茫成黑云。

【作者简介】常建（708 年—765 年），唐代诗人，游历长安（现陕西西安）人，长期过着漫游生活。现存作品不多。

黄河二首

唐·杜甫

其 一

黄河北岸海西军，椎鼓鸣钟天下闻。

铁马长鸣不知数，胡人高鼻动成群。

其 二

黄河西岸是吾蜀，欲须供给家无粟。

愿驱众庶戴君王，混一车书弃金玉。

【作者简介】杜甫（712 年—770 年），字子美，自号少陵野老。河南巩县（今河南巩义）人，祖籍襄阳。唐代伟大的现实主义诗人，与李白合称"李杜"。因在中国古典诗歌历史上影响深远，其人被后世称为"诗圣"，其作品被称为"诗史"。杜甫的思想核心是儒家的仁政思想，具有"致君尧舜上，再使风俗淳"的宏伟抱负。杜甫共有约 1500 首诗歌被保留了下来，大多集于《杜工部集》。

喜闻盗贼蕃寇总退口号（五首选一）

唐·杜甫

萧关陇水入官军，青海黄河卷塞云。
北极转愁龙虎气，西戎休纵犬羊群。

送王录事却归华阴

唐·岑参

相送欲狂歌，其如此别何。
攀辕人共惜，解印日无多。
仙掌云重见，关门路再过。
双鱼莫不寄，县外是黄河。

【作者简介】岑参（715 年—770 年），荆州江陵（现湖北江陵）人，唐代著名边塞诗人。岑参长于七言歌行，现存诗 360 首。风格与高适相近，后人多并称"高岑"。有《岑参集》十卷，已佚。

阌乡送上官秀才归关西别业

唐·岑参

风尘奈汝何，终日独波波。

亲老无官养，家贫在外多。

醉眼轻白发，春梦渡黄河。

相去关城近，何时更肯过。

送崔主簿赴夏阳

唐·岑参

常爱夏阳县，往年曾再过。

县中饶白鸟，郭外是黄河。

地近行程少，家贫酒债多。

知君新称意，好得奈春何。

上巳日忆江南禊事

唐·张志和

黄河西绕郡城流，上巳应无祓禊游。

为忆渌江春水色，更随宵梦向吴洲。

【作者简介】张志和（732 年—774 年），字子同，号玄真子。祖籍浙江金华。三岁能读书，六岁做文章，十六岁明经及第。后弃官弃家，浪迹江湖。

自巩洛舟行入黄河即事，寄府县僚友

唐·韦应物

夹水苍山路向东，东南山豁大河通。

寒树依微远天外，夕阳明灭乱流中。

孤村几岁临伊岸，一雁初晴下朔风。

为报洛桥游宦侣，扁舟不系与心同。

【作者简介】韦应物（737 年—792 年），长安（今陕西西安）人。唐代诗人。因出任过苏州刺史，世称"韦苏州"。其诗以善于写景和描写隐逸生活著称。

送郭判官赴振武

唐·卢纶

黄河九曲流，缭绕古边州。

鸣雁飞初夜，羌胡正晚秋。

凄凉金管思，迢递玉人愁。

七叶推多庆，须怀杀敌忧。

【作者简介】卢纶（739年—799年），字允言。唐代诗人，"大历十才子"之一。著有《卢户部诗集》。

塞下曲

唐·戎昱

惨惨寒日没，北风卷蓬根。将军领疲兵，却入古塞门。回头指阴山，杀气成黄云。上山望胡兵，胡马驰骤速。黄河冰已合，意又向南牧。嫖姚夜出军，霜雪割人肉。塞北无草木，乌鸢巢僵尸。泱漭沙漠空，终日胡风吹。战卒多苦辛，苦辛无四时。晚渡西海西，向东看日没。傍岸砂砾堆，半和战兵骨。单于竟未灭，阴气常勃勃。

城上画角哀，即知兵心苦。试问左右人，无言泪如雨。何意休明时，
终年事鼙鼓。北风凋白草，胡马日骎骎。夜后戍楼月，秋来边将心。
铁衣霜露重，战马岁年深。自有卢龙塞，烟尘飞至今。

【作者简介】戎昱（róng yù）（744 年—800 年），荆州（今湖北江陵）
人。中唐前期比较注重反映现实的诗人之一。

塞下曲（四首选二）

唐·李益

其　一

蕃州部落能结束，朝暮驰猎黄河曲。
燕歌未断塞鸿飞，牧马群嘶边草绿。

其　三

黄河东流流九折，沙场埋恨何时绝。
蔡琰没去造胡笳，苏武归来持汉节。

【作者简介】李益（750 年—830 年），字君虞，河南郑州人，曾为郑县尉。以边塞诗出名，擅长七言绝句。

统汉峰下

唐·李益

统汉峰西降户营，黄河战骨拥长城。
只今已勒燕然石，北地无人空月明。

效古促促曲为河上思妇作

唐·李益

促促何促促，黄河九回曲。
嫁与棹船郎，空床将影宿。
不道君心不如石，那教妾貌长如玉。

闻夜啼赠刘正元

唐·孟郊

寄泣须寄黄河泉，此中怨声流彻天。

愁人独有夜灯见，一纸乡书泪滴穿。

【作者简介】孟郊（751年—815年），字东野，湖州武康（今浙江德清县）人。少年隐居嵩山。晚年多在洛阳度过。代表作《游子吟》，有"诗囚"之称。因与贾岛齐名，人称"郊寒岛瘦"。

杂曲歌辞·羽林行

唐·孟郊

朔雪寒断指，朔风劲裂冰。

胡中射雕者，此日犹不能。

翩翩羽林儿，锦臂飞苍鹰。

挥鞭决白马，走出黄河凌。

浪淘沙

唐·刘禹锡

九曲黄河万里沙，浪淘风簸自天涯。

如今直上银河去，同到牵牛织女家。

【作者简介】刘禹锡（772年—842年），字梦得，洛阳人。诗文俱佳，与柳宗元并称"刘柳"，与韦应物、白居易合称"三杰"，与白居易合称"刘白"。后人对其有"诗豪"之称。《陋室铭》《乌衣巷》等为其名篇。

生离别

唐·白居易

食檗不易食梅难，檗能苦兮梅能酸。未如生别之为难，苦在心兮酸在肝。晨鸡再鸣残月没，征马连嘶行人出。回看骨肉哭一声，梅酸檗苦甘如蜜。黄河水白黄云秋，行人河边相对愁。天寒野旷何处宿，棠梨叶战风飕飕。生离别，生离别，忧从中来无断绝。忧极心劳血气衰，未年三十生白发。

【作者简介】白居易（772年—846年），字乐天，号香山居士。生于河南新郑，是唐代三大诗人之一。白居易与元稹共同倡导新乐府运动，世称"元白"，与刘禹锡并称"刘白"。有"诗魔"和"诗王"之称。

河阴夜泊忆微之

唐·白居易

忆君我正泊行舟，望我君应上郡楼。

万里月明同此夜，黄河东面海西头。

别陕州王司马

唐·白居易

笙歌惆怅欲为别，风景阑珊初过春。

争得遣君诗不苦，黄河岸上白头人。

征人怨

唐·柳中庸

岁岁金河复玉关，朝朝马策与刀环。
三春白雪归青冢，万里黄河绕黑山。

【作者简介】柳中庸（？—约 775 年），柳宗元族人，名淡，字中庸，唐代边塞诗人。与卢纶、李端为诗友。其诗以写边塞征怨为主。

河阳桥送别

唐·柳中庸

黄河流出有浮桥，晋国归人此路遥。
若傍阑干千里望，北风驱马雨萧萧。

逢旧识

唐·贾岛

几岁阻干戈，今朝劝酒歌。

羡君无白发，走马过黄河。

旧宅兵烧尽，新宫日奏多。

妖星还有角，数尺铁重磨。

【作者简介】贾岛（779年—843年），字阆仙，人称"诗奴"。唐代著名苦吟诗人，自号"碣石山人"。与孟郊并称"郊寒岛瘦"。

拂舞词·公无渡河

唐·温庭筠

黄河怒浪连天来，大响谼谼如殷雷。龙伯驱风不敢上，百川喷雪高崔嵬。二十三弦何太哀，请公勿渡立徘徊。下有狂蛟锯为尾，裂帆截棹磨霜齿。神椎凿石塞神潭，白马参覃赤尘起。公乎跃马扬玉鞭，灭没高蹄日千里。

【作者简介】温庭筠（812年—866年），字飞卿，太原祁县（今山西祁县东南）人，唐初宰相温彦博后裔。精通音律，工诗、词，与李商隐合称"温李"，被尊为"花间词派"之鼻祖，与韦庄并称"温韦"。

次陕州先寄源从事

唐·李商隐

离思羁愁日欲晡，东周西雍此分涂。
回銮佛寺高多少，望尽黄河一曲无。

【作者简介】李商隐（813年—858年），字义山，号玉溪生。原籍怀州河内（今河南沁阳），祖辈迁荥阳（今河南荥阳市）。晚唐著名诗人，与杜牧合称"小李杜"，与温庭筠合称"温李"。部分诗歌过于隐晦迷离，难于索解，至有"诗家总爱西昆好，独恨无人作郑笺"之说。

河阳诗

唐·李商隐

黄河摇溶天上来，玉楼影近中天台。龙头泻酒客寿杯，主人浅笑红玫瑰。梓泽东来七十里，长沟复堑埋云子。可惜秋眸一窗光，汉陵走马黄尘起。南浦老鱼腥古涎，真珠密字芙蓉篇。湘中寄到梦不到，衰容自去抛凉天。忆得蛟丝裁小卓，蛱蝶飞回木绵薄。绿绣笙囊不见人，一口红霞夜深嚼。幽兰泣露新香死，画图浅缥松溪水。楚丝微觉竹枝高，半曲新辞写绵纸。巴西夜市红守宫，后房点臂斑斑红。堤南渴雁自飞久，芦花一夜吹西风。晓帘串断蜻蜓翼，罗屏但有空青色。玉湾不钓三千年，莲房暗被蛟龙惜。湿银注镜井口平，鸾钗映月寒铮铮。不知桂树在何处，仙人不下双金茎。百尺相风插重屋，侧近嫣红伴柔绿。百劳不识对月郎，湘竹千条为一束。

黄　河

唐·薛能

何处发昆仑，连乾复浸坤。波浑经雁塞，声振自龙门。岸裂新冲势，滩余旧落痕。横沟通海上，远色尽山根。勇逗三峰坼，雄标四渎尊。湾中秋景树，阔外夕阳村。沫乱知鱼响，槎来见鸟蹲。飞沙当白日，凝雾接黄昏。润可资农亩，清能表帝恩。雨吟堪极目，风度想惊魂。显瑞龟曾出，阴灵伯固存。盘涡寒渐急，浅濑暑微温。九曲终柔胜，常流可暗吞。人间无博望，谁复到穷源。

【作者简介】薛能（817年—880年），字太拙，河东汾州（山西汾阳县）人。晚唐大臣，著名诗人。

黄　河

唐·罗隐

莫把阿胶向此倾，此中天意固难明。

解通银汉应须曲，才出昆仑便不清。

高祖誓功衣带小，仙人占斗客槎轻。

三千年后知谁在？何必劳君报太平！

【作者简介】罗隐（833年—909年），字昭谏，新城（今浙江省杭州市富阳区新登镇）人，唐末五代时期诗人、文学家、思想家。

浪淘沙

唐·司空图

不必长漂玉洞花，曲中偏爱浪淘沙。

黄河却胜天河水，万里萦纡入汉家。

【作者简介】司空图（837 年—908 年），字表圣，河中虞乡（今山西运城永济）人。晚唐诗人、诗论家。其主要成就《二十四诗品》为不朽之作。

偶书（五首选一）

唐·司空图

新店南原后夜程，黄河风浪信难平。
渡头杨柳知人意，为惹官船莫放行。

逢旧（二首选一）

唐·李涉

将作乘槎去不还，便寻云海住三山。
不知留得支机石，却逐黄河到世间。

【作者简介】李涉（生卒年不详），约 806 年前后在世。洛阳（今河南洛阳）人，著有《李涉诗》一卷，存词六首。

塞上行

唐·鲍溶

西风应时筋角坚，承露牧马水草冷。
可怜黄河九曲尽，毡馆牢落胡无影。

【作者简介】鲍溶，字德源，生卒年及籍贯不详，元和四年（809年）进士，是中唐时期的重要诗人。

宿陕府北楼奉酬崔大夫（二首选一）

唐·陆畅

楼压黄河山满坐，风清水凉谁忍卧。
人定军州禁漏传，不妨秋月城头过。

【作者简介】陆畅（生卒年不详），约公元820年前后在世，字达夫，吴郡吴县（今苏州）人。《全唐诗》录其诗一卷。

凉州词

唐·薛逢

昨夜蕃兵报国仇，沙州都护破凉州。

黄河九曲今归汉，塞外纵横战血流。

【作者简介】薛逢（生卒年不详），字陶臣，蒲州河东（今山西永济市）人，约840年前后在世。《全唐诗》收其诗一卷。

咏史诗·黄河

唐·胡曾

博望沉埋不复旋，黄河依旧水茫然。

沿流欲共牛郎语，只得灵槎送上天。

【作者简介】胡曾（céng）（生卒年不详），约841年前后在世。唐代诗人，以关心民生疾苦、针砭暴政权臣而著称。

塞上曲

唐·周朴

一阵风来一阵砂，有人行处没人家。

黄河九曲冰先合，紫塞三春不见花。

【作者简介】周朴（？—878 年），字见素，福州长乐人。与诗僧贯休、方干、李频为诗友。

送李佑之赴陕西参议

唐·许彬

十载含香侍上台，旬宣分陕用奇才。

黄河九曲天边落，华岳三峰马上来。

长乐月明笳鼓静，终南云敛障屏开。

行行喜近重阳节，黄菊飘香入酒杯。

【作者简介】许彬（生卒年不详），唐代诗人。

宫词（百首选一）

五代·和凝

玉甃莲池春水平，小鱼双并锦鳞行。

内中知是黄河样，九曲今年彻底清。

【作者简介】和凝（898 年—955 年），字成绩。郓州须昌（今山东东平）人。五代时文学家，长于短歌艳曲。

登圣善寺阁

唐·褚朝阳

飞阁青霞里，先秋独早凉。

天花映窗近，月桂拂檐香。

华岳三峰小，黄河一带长。

空间指归路，烟际有垂杨。

【作者简介】褚朝阳，生卒年及籍贯不详，唐代诗人。

登单于台

唐·张蠙

边兵春尽回，独上单于台。

白日地中出，黄河天外来。

沙翻痕似浪，风急响疑雷。

欲向阴关度，阴关晓不开。

【作者简介】张蠙（生卒年不详），字象文，清河（今河北省邢台市清河县）人。唐代著名诗人、才子。

书河上亭壁

宋·寇準

岸阔樯稀波渺茫，独凭危槛思何长。

萧萧远树疏林外，一半秋山带夕阳。

【作者简介】寇準（961年—1023年），字平仲，华州下邽（今陕西渭南）人。北宋政治家，善诗能文，七绝尤有韵味。与白居易、张仁愿并称"渭南三贤"。

黄　河

宋·王安石

派出昆仑五色流，一支黄浊贯中州。

吹沙走浪几千里，转侧屋间无处求。

【作者简介】王安石（1021 年—1086 年），字介甫，临川（今江西抚州市临川区）人，北宋著名的思想家、政治家、文学家、改革家。世称王文公。

秋夜将晓出篱门迎凉有感（二首之二）

宋·陆游

三万里河东入海，五千仞岳上摩天。

遗民泪尽胡尘里，南望王师又一年。

【作者简介】陆游（1125 年—1210 年），字务观，号放翁，越州山阴（今绍兴）人，南宋文学家、史学家、爱国诗人。其一生笔耕不辍，诗词文俱有很高成就，其诗语言兼具李白的雄奇奔放与杜甫的沉郁悲凉，尤以饱含爱国热情对后世影响深远。

水调歌头·赋三门津

金·元好问

黄河九天上，人鬼瞰重关。长风怒卷高浪，飞洒日光寒。峻似吕梁千仞，壮似钱塘八月，直下洗尘寰。万象入横溃，依旧一峰闲。

仰危巢，双鹄过，杳难攀。人间此险何用，万古祕神奸。不用燃犀下照，未必伏飞强射，有力障狂澜。唤取骑鲸客，挝鼓过银山。

【作者简介】元好（hào）问（1190 年—1257 年），字裕之，号遗山，世称遗山先生。太原秀容（今山西忻州）人。自幼聪慧，有"神童"之誉，是宋金对峙时期北方文学的主要代表、文坛盟主，又是金元之际在文学上承前启后的桥梁，被尊为"北方文雄""一代文宗"。

山坡羊·潼关怀古

元·张养浩

峰峦如聚，波涛如怒，山河表里潼关路。望西都，意踌躇。伤心秦汉经行处，宫阙万间都做了土。兴，百姓苦；亡，百姓苦。

【作者简介】张养浩（1270 年—1329 年），字希孟，号云庄，济南（今山东省济南市）人，元代著名政治家，文学家。其个人品行、政事文章皆为当代及后世称扬，是元代名臣之一。

过古黄河堤

元·萨都剌

古来黄河流，而今作耕地。
都道变通津，沧海化为尘。

【作者简介】萨都剌（1272 年—1355 年），字天锡，号直斋。回族（一说蒙古族）。元代诗人、画家、书法家。其文学创作以诗歌为主。

水龙吟·过黄河

元·许有壬

浊波浩浩东倾，今来古往无终极。经天亘地，滔滔流出，昆仑东北。神浪狂飙，奔腾触裂，轰雷沃日。看中原形胜，千年王气。

雄壮势，隆今昔。　　鼓茫茫万里，棹歌声、响凝空碧。壮游汗漫，山川绵邈，飘飘吟迹。我欲乘槎，直穷银汉，问津深入。唤君平一笑，谁夸汉客，取支机石。

【作者简介】许有壬（1286 年—1364 年），字可用，彰德汤阴（今属河南汤阴）人。元代文学家。

黄河行

元·贡泰父

黄河水，水阔无边深无底，其来不知几千里。或云昆仑之山出西纪，元气融结自兹始。地维崩兮天柱折，于是横奔逆激日夜流不已。九功歌成四载止，黄熊化作苍龙尾。双碔凿断海门开，两鄂崭崭尚中峙。盘涡荡激，回湍冲射，悬崖飞沙，断岸决石，瞬息而争靡。洪涛巨浪相豗，怒声不住从天来。初如两军战方合，飞炮忽下坚壁摧。又如丰隆起行雨，鞭笞铁骑驱奔雷。半空澎湃落银屋，势连渤澥吞淮渎。天吴九首兮，魖魅独足。潜潭雨过老蛟吟，明月夜照鲛人哭。扁舟侧挂帆一幅，满耳萧萧鸟飞速。徐邳千里半日程，转盼青山小如粟。吁嗟雄哉！其水一石，其泥数斗。滔滔汩汩兮，同宇宙之悠久。泛中流以击楫兮，招群仙而挥手。好风兮东来，酬河伯兮杯酒。

【作者简介】贡泰父（1298 年—1362 年），名贡师泰，字泰甫（父），宣城（今属安徽）人。元末以诗文擅名。

注　释

西纪：西方终极之地。

地维：古时以为大地四方，四角有粗绳维系，故称地维。天柱：古人相传，天有八柱承之，故称天柱。

九功：九职之功。《周礼·天官·太宰》："以九职任万民。"包括三农、园圃、虞衡、薮牧、百工、商贾、嫔妇、臣妾、闲氏。

四载：古时的四种交通工具。《书·益稷》："予乘四载。"谓禹治水时，水行乘舟，陆行乘车，泥行乘辐，山行乘樏。

黄熊：相传鲧被天帝所诛后，化为黄熊，入于羽渊。其子禹治洪水时，有神龙以尾画地导水所注。

谼（hóng）：大谷。海门：通向海的大门。

鄂：边际。嶄嶄：突出貌。

丰隆：古代神话中的云神。一说雷神。

渤澥：古代称东海的一部分，即渤海。淮渎：淮河。

天吴：古代传说中的水神。

魌（qī）：即魌头，古时打鬼驱疫时用的面具。魋（tuí），兽名，似小熊，喻大禹。魌魋：大禹化作熊，凿山开路，驱逐鬼神。

鲛人：传说中南海的人鱼，擅长纺织，眼泪会变成珍珠。

徐邳：黄河下游经徐州、邳州。

河伯：古代神话中的黄河水神，名冯夷。

过黄河

明·李东阳

清口驿前初放船，长淮东下水如弦。

劲催双橹渡河急，一夜狂风到海边。

【作者简介】李东阳（1447 年—1516 年），字宾之，号西涯。主持文坛数十年，其诗文典雅工丽，为茶陵诗派的核心人物。

秋　望

明·李梦阳

黄河水绕汉宫墙，河上秋风雁几行。

客子过壕追野马，将军韬箭射天狼。

黄尘古渡迷飞挽，白月横空冷战场。

闻道朔方多勇略，只今谁是郭汾阳。

【作者简介】李梦阳（1473 年—1530 年），字献吉，祖籍河南扶沟。明代中期文学家，复古派"前七子"的领袖人物。提倡"文必秦汉，诗必盛唐"，后为以袁宗道、袁宏道、袁中道三兄弟为代表的"公安派"所替代。

渡黄河

明·谢榛

路出大梁城，关河开晓晴。

日翻龙窟动，风扫雁沙平。

倚剑嗟身事，张帆快旅情。

茫茫不知处，空外棹歌声。

【作者简介】谢榛（1495年—1575年），字茂秦，山东临清人。明代布衣诗人，与李攀龙、王世贞等结诗社，为"后七子"之一。

渡黄河

明·张时彻

黄河回九曲，适郢乍经过。

积雨初添涨，无风亦自波。

人行沙岸小，树近夕阳多。

为爱沧浪曲，因之鼓枻歌。

【作者简介】张时彻（1500 年—1577 年），字维静，号东沙。明代鄞县布政张家潭村（今属古林镇）人。曾为明代福建参政，官至兵部尚书。著有《芝园定集》等。

黄河夜泊

明·李流芳

明月黄河夜，寒沙似战场。

奔流聒地响，平野到天荒。

吴会书难达，燕台路正长。

男儿少为客，不辨是他乡。

【作者简介】李流芳（1575 年—1629 年），字长蘅，南直隶徽州歙县（今安徽歙县）人。明代诗人、书画家。

龙 门

明·顾炎武

亘地黄河出，开天此一门。
千秋凭大禹，万里下昆仑。
入庙焄蒿接，临流想像存。
无人书壁问，倚马日将昏。

【作者简介】顾炎武（1613 年—1682 年），字忠清，南直隶苏州府昆山（今江苏昆山市）千灯镇人。因仰慕文天祥学生王炎午为人，改名炎武。明末清初杰出的思想家、经学家、史地学家和音韵学家，与黄宗羲、王夫之并称为明末清初"三大儒"。其主要作品有《日知录》《亭林诗文集》等。

渡黄河

明·宋琬

倒泻银河事有无，掀天浊浪只须臾。
人间更有风涛险，翻说黄河是畏途。

【作者简介】宋琬（1614 年—1673 年），字玉叔，山东莱阳人。清代八大诗家之一，与严沆、施闰章、丁澎等合称为"燕台七子"。

渡黄河

清·查慎行

地势豁中州，黄河掌上流。

岸低沙易涸，天远树全浮。

梁宋回头失，徐淮极目收。

身轻往来便。自叹不如鸥。

【作者简介】查慎行（1650 年—1727 年），赐号烟波钓徒，浙江海宁人。康熙四十二年进士，特授翰林院编修。其诗学东坡、放翁，著有《他山诗抄》。

登云龙山见黄河北徙

清·金德瑛

云龙头角孤岩峣，众山青翠来相朝。黄河猛迅山亦避，独缺西面容滔滔。嵩室汴洛二千里，郁郁气象连平皋。亭中宾主去已古，尚许陈迹观瞻豪。彭城以河作地险，一曲东注天然濠。惜数万户处釜底，恃蚁弗穴金堤牢。今秋下瞩诧异事，可厉可揭才容刀。始知上游孙家集，一夜啮决崩洪涛。北山点点类洲沚。田庐多在银盘坳。清河水道被横截，逆入充济咸浮飘。哀彼征鸿陷中泽，羡尔逸鹤翔空霄。古者治河不治运，纵令游演存宽饶。今须俯首趋一线，甘受约束随吾曹。自南自北两俱病，顾淮顾运功加劳。薪刍木石日增垒，但有淤垫无疏淘。逢霖未免辄涨溢，经霜不放积潦消。当官隐讳冀苟免，涓涓弗塞匪崇朝。不然怀柔百神日，胡独河伯逞其骄。俯仰谣询动悱恻，岂为闰九重题糕。明朝驿骑直北去，临流更验荆山桥。

【作者简介】金德瑛（1701 年—1762 年），字汝白，浙江仁和（今浙江杭州）人。与郑板桥交往甚密。蒋士铨是他的门生。

卷二

古今辞赋

灵河赋

魏·应玚

　　咨灵川之遐原兮，于仑昆之神丘。凌增城之阴隅兮，赖后土之潜流。衔积石之重险兮，披山麓而溢浮。瞰龙黄而南迈兮，纡鸿体而因流。涉津洛之阪泉兮，播九道乎中州。汾沨涌而腾骛兮，恒亹亹而徂征。肇乘高而迅逝兮，阳侯怖而振惊。有汉中叶，金堤隤而瓠子倾。兴万乘而亲务，董群后而来营。下淇园之丰筱，投玉璧而沉星。若夫长杉峻槚，茂栝芬檀，扶流灌列，映水荫防。隆条动而畼清风，白日显而曜殊光（据《水经·河水注》《艺文类聚》《初学记》）。龙梭白鲤，越艇蜀舻。沂游覆水，帆柂如林（据《北堂书钞》未改本）。

（据《全上古三代秦汉六朝文》辑录、校勘、注释）

　　【作者简介】应玚（yáng）（177 年—217 年），字德琏，东汉汝南南顿（今河南省项城市南顿镇）人。东汉末年文学家，"建安七子"之一。擅长作赋，有文赋数十篇。诗歌亦见长，与其弟应璩齐名。明人辑有《应德琏集》。

注　释

咨：表叹息。

仑昆：昆仑。

增城：古代神话传说中的地名。《淮南子·地形训》："掘昆仑虚以下地，中有增城九重，其高万一千里百一十四步二尺六寸。"

后土：大地，泥土。

龙黄：比喻黄河如黄色的龙。

鸿体：比喻水直下如飞鸿之势。

沆（hòng）涌：水势广阔汹涌。

腾骛：飞腾。

亹（wěi）亹：水流行进貌。

徂征：奔流。

阳侯：古代传说中的波涛之神。

金堤：堤名。在今河南省滑县东。《史记·河渠书》："孝文时河决酸枣，东溃金堤。"

瓠子：古堤名。旧址在河南濮阳境。

董：监督、主持。

群后：泛指公卿大臣。

淇园：古代卫国园林名。园内产竹，在今河南省淇县西北。

筱（xiǎo）：细竹子。

槚（jiǎ）：楸树。

栝（guā）：桧树。

橿（jiāng）：一种木材坚韧的树。

畅：古同"畅"。

艘（sōu）：船只。

舲（líng）：小船。

柂：古同"舵"。

大河赋

晋·成公绥

　　览百川之宏壮兮，莫尚美于黄河。潜昆仑之峻极兮，出积石之嵯峨。登龙门而南游兮，拂华阴与曲阿。凌砥柱而激湍兮，逾洛汭而扬波。体委蛇于后土兮，配灵汉于穹苍。贯中夏之畿甸兮，经朔狄之遐荒。历二周之北境兮，流三晋之南乡。秦自西而启壤兮，齐据东而画壃。殷徒涉而求固，卫迁济而遂疆。赵决流而却魏兮，嬴引沟而灭梁。思先哲之攸叹，何水德之难量（据《艺文类聚》《初学记》）。气蓬勃以雾蒸（《文选·江赋》注引《天河赋》，疑大河之误）。乘高赴下，绝没长奔。驰会五户，旁达三门（据《初学记》）。鳣鲤王鲔，春暮来游（据《水经·河水注》）。灵图授箓于羲皇（《文选》王融《曲水诗序》注）。善尼父之不济，寻方叔之远迹。懿吴起之谠言，大泛舟之兴役（据《初学记》）。

（据《全上古三代秦汉三国六朝文》辑录、校勘、注释）

【作者简介】成公绥（231年—273年），字子安，东郡白马人。著名辞赋家，代表作品有《天地赋》《啸赋》《隶书体》等。

注　释

华阴：陕西渭南附近。

曲阿：弯曲角落。

洛汭：洛水、洛阳一带。

灵汉：天河。

畿甸：京城地区。

二周：指战国末期由周室分裂成的西周与东周两个小国。

三晋：战国时赵、韩、魏三国的合称。又指山西。

嬴：指秦国。

梁：指魏国首都大梁。

灵图授篆于羲皇：传说龙马负河图，伏羲由此得灵感而设计八卦。

尼父：指孔子。

方叔：西周周宣王时卿士，曾率兵车三千辆南征荆楚，北伐猃狁，为周室中兴一大功臣。

吴起（前440年—前381年）：战国初期军事家、政治家、改革家，兵家代表人物。在楚国时，辅佐楚悼王主持变法。著有《吴子兵法》。从前魏武侯因山河险固而喜，坐船于西河对吴起说："美哉乎山河之固，此魏国之宝也！"吴起回答："在德不在险。昔三苗氏……德义不修，禹灭之。夏桀……修政不仁，汤放之。殷纣……修政不德，武王杀之。由此观之，在德不在险。若君不修德，舟中之人尽为敌国也。"

谠言：正直之言。

襄华贯洪河赋

唐·樊阳源

太极经始，纯坤倾东。势以岳镇，气以川融。于是灵辟襄华，象开鸿蒙。横大野以中豁，夹洪河而北崇。尔其沓嶂无际，连波方永。喷激万里，回合千岭。总崤函之气象，压秦晋之封境。山以河润，上腾云雨之祥；水与时清，下倒岩峦之影。若乃骋远望，冯层城。秋爽元气，朝升大明。伟连天之浩汗，壮发地之峥嵘。翠岫屏拥，澄澜砥平。疑白虹饮墼而半隐，似寒云抱塞而初横。及夫俯临迫察，诡丽雄悍。峻势危而不骞，灵源注而常满。积阴腾气，与岚色而相鲜。烁日生霞，连荣光而不断。

观其畜含精秀，孕育风霆。应会昌运，发扬炳灵。茂贤杰于间出，翊邦家而永宁。况乎山积鸿休，川流景福。明征祥瑞，幽赞化育。此其所以配乾坤，此其所以称岳渎。岂徒玩夫？萦带委注，莲开翼张。巍巍峨峨，滔滔汤汤。干天之峻极，赴海之灵长而已。

士有圭窦强学，金门献赋。困陶侃之无津，耻孙宏之不遇。览襟带而增气，追圣贤而遐慕。想刘公之叹，微禹其鱼。感吴子之言，在德为固。义由景行，仰高山而自惭；志切朝宗，与大海而同注。傥余润之波及，斯变化于云路。

（本文以"崇岭横断，灵渎长注"为韵，

由编选者据《历代赋汇·卷二十五》校勘、注释）

【作者简介】樊阳源（生卒年不详），唐代贞元中进士。

注 释

襄华：天地日月精华。

冯（píng）：登临。

浩汗：水盛大貌。

骞：飞。

翊：辅佐、帮助。

圭窦：形状如圭的墙洞，借指寒微之家。

陶侃（259年—334年）：晋代名将，浔阳（今湖北省黄梅县北）人，字士行，明帝时拜征西大将军，都督荆襄军事，平定苏峻之乱，初为广州刺史，每日搬运砖块以锻炼体力，为人忠顺勤劳，时人比之诸葛亮。

孙宏：指公孙弘，西汉菑川（郡治今山东寿光南）薛人。字季。少为狱吏。年四十余始治《春秋公羊传》。建议设五经博士，置弟子员。以熟习文法吏治，被武帝任为丞相，封平津侯。

微禹其鱼：春秋时鲁国昭公元年（前541年），刘定公说："美哉禹功，明德远矣。微禹，吾其鱼乎！"意思是说，禹的功劳实在太伟大了，他给人类的遗惠影响深远。假如没有禹，我们早成为鱼虾了。

吴子：即吴起。

黄河赋

元·李祁

乾清坤彝，岳奠川会。览四海之萦环，见黄河之如带。下亘寰宇之区，上通银河之泒。折九曲之迂回，泻千里于一快。想成功于当年，微神禹吾谁赖。观其肇迹西土，浚源天渊。浩浩荡荡，翩翩绵绵。或奔放而莫御，或纡徐以迤延。或腾踔奋迅，激强弩以俱发；或喧豗震掉，擂万鼓而并前。耸银阙之嵯峨，驱铁骑之森严。或洪流之浩溔，播余波于两壖。谅一苇之难渡，岂容刀之可言？

思昔龙门未辟，积石未导。荡斯民之衡庐，为鱼鳖之闺奥。暨黄河之安流，嘉玄圭之锡告。济苍生于艰危，拯沉溺之闲燥。昭乎如日月之乍明，廓乎如乾坤之再造。此后之临流而叹者，所以深为鱼之忧，而羡禹功之妙也。

逮从西京，治化昭明。何壮心之未已，复驰骛之远征。命彼张骞，使之西垠。穷二水之所自，至盐泽而陆沉。是虽足以知黄河之源委，要未可与神禹而并称。盖其甘心远夷，疲敝中国；孰若疏凿功成，免民鱼鳖。灵槎泛泛，使节煌煌，孰若乘彼四载，经营四方。竹杖诡奇，蒟酱甘好；孰若水土既平，稼穑是宝。吾于是知禹之功，如天地之无不持载，无不覆帱者矣。

惟我皇元，万国一统。会百川而来朝，环众星而北拱。不必手胼足胝，而河流无泛溢之虞，不必穷幽极远，而河源皆版图之贡。愚生南邦，未获时用。盖将振衣袂乎昆仑，豁心胸乎云梦。挹黄河之波，造明堂而献河清之颂。

（据《历代赋汇·卷二十五》校勘、注释）

【作者简介】李祁（1299 年—?），著名元代遗民，字一初，号希蘧翁、危行翁、望八老人、不二心老人，湖南茶陵州人。为明代著名文学家李东阳五世祖，有《云阳先生集》十卷。

注　释

乾清坤彝：此句意为黄河是宇宙常道、天地清平的体现，是山川所奠基汇聚的关键。

亘：延伸。寰宇：天下。

沽（gū）：古河名，源出中国山西省，流至天津入海。此处指银河之水。

微神禹吾谁赖：此句意为如果没有当年大禹的功绩，我们还能依赖谁。微：（假如）没有。

肇迹西土，浚源天渊：此句意为从西北边地发源，从最深的大渊发源。

纤徐：曲折舒缓貌。迤延：曲折向前奔流。

踔（chuō）：跳跃、逾越。奋迅：震撼迅速。

豗（huī）：撞击。喧豗：撞击引起的轰响。

堧（ruán）：水边空地。

"一苇渡江"的传说是达摩祖师折了一根芦苇，立在苇上过长江。

容刀：能容纳小船。《诗·卫风·河广》："谁谓河广，曾不容刀。"刀通舠。

龙门：山名，在山西韩城县与河津县之间。《尚书·禹贡》："导河积石，至于龙门。"传说此处鱼能跃过即可化为龙。

衡庐：衡庐小屋，指百姓普通居所。

阃（kǔn）奥：指内室。

玄圭：黑色的玉，帝王用作礼仪之用。锡：通赐。《尚书·禹贡》："禹锡玄圭，告厥成功。"是说大禹治水成功后，尧赐以黑色的玉，来表彰禹并昭告天下。此句意为人们面对大河，替鱼不能飞跃龙门而发愁。

西京：指西汉都城长安。

张骞：西汉汉中成固（今陕西城固）人。武帝元鼎二年（前115年），以中郎将出使乌孙，分遣副使出使大宛、康居、月氏（zhī）、大夏等国，使中原与西域建立往来。

二水：指黄河与长江。盐泽，即今罗布泊。陆沉：指陆地的边缘，天边。

疲敝中国：使中原受贫穷。

免民鱼鳖：使人民免遭水害、免成鱼鳖。

槎（chá）：木筏。灵槎为能通往天河的船。

蒟（jǔ）：又称蒌叶，果实可做酱。

手胼（pián）足胝（zhī）：起茧子。

明堂：古代天子举行朝会、祭祀等大典之地。

黄河赋（并序）

明·周光镐

予壮时偕计吏北入燕，浮淮涉泗，历黄河之委。既守西蜀，再上计每由豫州渡以行，久之备兵临巩，按部枹罕，登积石关，睹禹导河所自始。乃今镇抚朔方，则挟河为塞，有界限戎夷之险，澍溉舄卤之功，且蔑有汛决之患，食利甚巨。于是乎重有感焉。

夫九有莫长于河，故列之四渎，特号为宗。然江有郭弘农赋，亦既彬彬侈言之。由汉以来，未有沿源讨委，总揽万殊，收历代之遗文，毕体物之能事以及于河者。有之自应成，亦寂寥未备也。然河在中国古今所称利害，彼此夐殊，盖治之臧否，而利害之小大，参之朔方，有利亡害，越在上游，其势使然也。若今泗沛间漂啮，渐滋为害特盛，则亦治者，或未兼善，岂尽河之罪哉！兹余闻命召还，且渡河东矣，军旅小间，不量寡率，揭其原委，遂含毫赋之，盖以诵河之德，且折衷近议治者之异同。云其辞曰：

维河流之灵称，肇亿祀而不忒。经流别之为宗，万水崇之为伯。逮禹功之所加，既经瞩而可悉。粤重源之载导，复冒流于积石。开陇西之上游，径金城而东出。翼贺兰以包朔方，并阴山而望阙，左拂云中雷首，右薄太华二崤。循平阴而北转乎鲔渚，遵洛汭而东抵乎成皋。由是捐故渎而不赴，指宛丘以捷驰，遭淮济之所道，并委输于朝夕，之池昔之播九，以同于碣石为逆，而泻于东齐者，已中枯而成陆，或分岐而背趋矣。其来同者，则洮兼大夏，湟引阊门，高平芒于奢延，湳汾渭泾洛，伊汝颍汴瀍，又附之而俱达者，盖不可以殚稽。

盖四渎之流总其三，九州之水领其七。咸千里而一折，乃九折于中国。其水则浑浑溷溷，溾溇溇减，灙溷沇以漩潀，汩黄浊而潏集。不藉飙而腾波，讵涅壁而成色。及其下桃花之新涨，溢竹箭之疾流，浩滉瀁而高出，濊轧沕而横浮，堤啮之而善崩，山怀之而欲廆，奚两涯之可测，尚复致辨乎马牛。至若越吕梁，溃龙门，触砥柱，下集津，阨崄巇，束嶙岣，莫不洶淿澎湃，潣灂潫潒，奔溜下垂，若瀑布之高曳駛波，上跃若雪岩之雄峙飞沫，类澍雨之四垂振声，又疾雷之荐至，摇撼山岳，动荡天地。闻之者改听，睹之者魄悸，伙飞犯之丧其勇，樗里遭之失其智，其漆园所称善游之夫，夫亦寓言而若是。

其鳞族则有鮒鳙鳟鲲，鲐鳝鳠鮌，玄鲖白鲦，青鳞文鮰，豪鱼朋游，王鲔穴栖。或苍文而赤喙，或鸟首而龙题，或曝鳃而未化，或具翼而善飞，喜挟涛而出舞，每溯流而升危。

其介族则有素蛟丹虬，黄鲦黑蜧，朱鳖玄鼍，赤螭黄贝，蜃蚍蛎蠵，浮蛇贲龟，八足之蛶，三足之能。潜者逗泥而泛沫，出者缘崖而曝晖，故随地而孳育，亦随波以迁移。

其羽族也，鹭鸳鹥鹭，鸡鹊鹮鹣，王睢白鹥，鹥鹅鹈鹲，朱目之鴢，赤尾之凫，春锄影缨，涸泽垂胡。当扈以髯而奋体，白鹇以视而孕雏。阳鸟往还而旅处，鹛鹍浮而托居，鹬鹬互举喧眮，相呼要群而集，引子而哺，巧历不能以乘计，司虞不能以目书。

其下又有青玑白珠，藻璚吉玉，曾青玼石，栌丹碧绿，浮磬羽硻，文硶玄礴。或流自他山，或产于深澳，睹水折之圆方，察精气之隐烛，知宝藏之所兴验，珍错之所伏。其天子之秘宝，咸载之于河图，金膏烛银，玉果璇珠，是河宗氏之司卫，非庸人所得而窥阗。

其神则河精巨灵，阳侯冯夷，黑公之从赵见，五老来告尧期。或兴两蛟而挟舟，或驾两龙而负辕，或化星而入昴，或授图而还渊，或玉牍遗于湑次，或掌迹寄于山颠。稽历代之礼祀，其备物之或殊，或刑正牲而沉白马，或射玄貉而猎白狐。多莹玉之圭璧，及绀盖之舆车。若夫王泽浸消，君人失德，征废则徙移，表亡则竭绝，泽枯则山石崩甕，阴盛则陵阜漂没，封原割而流分，下民恨而波赤。

至于帝王聿兴，圣人将出，则荣光以之错起，休气以之四塞。润至于九里，清变而五色。川后为之贡珍，水祇为之效职。有若庖牺之卦画，轩后之绿图，放勋受图而作记，重华剖检而得符，负之以神马，挺之以龙鱼，折溜而至，蹄水而去，宁靳乎灵府之阗阗，孰不及期而来输。又若白鱼之入舟，赤乌之流火，玉龟之呈谶，神鱼之出舞，金人捧剑于秦昭，黄龙彰异于世祖，皆能告世运之休征，着瑞应之盛事。盖藏往以察来，亦知微而知彰，通神明之懿美，目德水其克当。独昉称乎嬴氏，虽允藏而弗扬。

唱时代之废兴，慨昔人之遗迹，誓功者表其如带，阶图者载其分域。晋君赴哭而遂流，武帝兴歌而遂室，弘农被化之虎渡，汉宣济而神鳞出，尚父之号苍兕，太尉之斩青牛，葛玄使鱼而吐书，秦伯济师而焚舟，赵决之为却魏之策，引之为灭魏之谋，申徒负石以自沉，方叔抱乐而赴溺，古冶救骖而毙鼋，子羽斩蛟而弃璧，济嘉君子之名，渡赐窦门之鬻，宋中咏一苇之杭，孟津嗟捧土之塞，伯鲧堙之而窃息壤，女娲止之而画芦灰，延世使堤东郡而丰赏，延平奏决胡中而太苛，王尊祝水神而患息，江使遇余且而祸罹，纬萧子探珠于骊颔，商丘开得珠于淫隈。

复有金狄之所沉，木罂之所渡，宣尼临之而不济，魏侯浮之而称固，亡人投偃璧而结誓，纂夫沉周宝而邀祜，诸虽美刺之有间，咸传牒牍而昭著。其堨有瓯脱之地，斥卤之墟，分以万洫，激以千渠，溉粪兼资，黍稷载敷，变硗埆之瘠壤，为亩钟之上腴，云雨以之荡漤，垢浊藉之涤除，泛千舻以远达，通万国之贡输，兴众利而不匮，设重险而有孚，宜先王之典礼，后比秩于诸侯。

于是集周穆之征纪，夏后之荒经，汉儒之载乘，郦氏之所称，法显之所历，骞英之所寻，具考滥觞之所在。咸云自昆仑之灵丘，本神泉之颢质，发东北之一隅，下夫中极之渊，逮于河伯之都，划凌门，穿阳纡，绝罽宾之国，略皮山之居，招葱岭之所出，噏于阗之所储，包且末牢兰之所聚，挈龟兹疏勒之所趋。盘回于荒服者三十由旬，乃会三原而来潴，至于渤泽海曰菖蒲，又潜行千有余里，始及乎中国之西陬，后使者薛氏之所访，云得之闷磨崎岖，而胜国之佩金虎符者，复云自星宿之区，谓越遐而遗迹，议前记之尽诬，窃意河源遥集，非一流而后，先之所执抑，同归而殊涂。彼见夫显行之即是，而于伏流之为虚，不然者，其经见万里，而汇于眇焉之渤泽，岂自有沃焦而为归墟，况有电转隐沦之迹，非其冒出于积石者乎？夫天一之润下，惟四渎之为经，历桐柏而淮出，及王屋而济兴，江溯之以为永，亦仅止乎蜀岷。探兹源以及委，贯方舆之两端，首西极而尾乎东极，上应云汉之竟天，周祭虽并列乎渎，秦郡亦参称乎川，爰揭众流以絜校，孰与之而克配焉？

历观往昔之利害，深惜今时之所治。不察夫常变之宜，以极会通之致，夫彼一石之浊流，兼六斗之泥滓。缓行则分滞，急疾则并驶，放乎海澨而成壤，又梗夫尾闾之所委，其控清以引浊，亦非曩人之失谋，独兼三渎于枝淮，曾弗灾异之为忧。岂容使一衣带之广，克任七州之浲流，不经本而障末，难乎图远之鸿猷。独不见夫乘四载者之疏导，凿上流而行乎高地，度迅悍之怒湍，非弱土之能载，恐一川之不胜，浚九道以分杀，虞暴溢之为菑，委旷土以储待，自玄圭之告成，阅千春而罔害。后乃淤故道而不修，并屯氏而偕废，即炎祚置重使而堤防，捐亿万之岁费，竭薪石而徒劳，亦屡塞而屡败。此已然之效，曷不缵神圣之上计，并贾让之首策，犹可备采于近世。顾泥古者拘拘旧迹，守经者安于小利，司农惜少府之藏，司土重膏沃之弃，其孰肯建非常之弘业，而以天下为吾事。

（据《历代赋汇·卷二十五》校勘、注释）

【作者简介】周光镐（1536 年—1616 年），字国雍，潮州府潮阳县桃溪乡（今汕头潮南区桃溪乡）人。嘉靖四十一年举人，曾任宁夏巡抚。著作有《〈左传节文〉注略》《〈韩子〉选抄》等，文集为《明农山堂集》。

注 释

临巩：宁夏旁边地名。枹罕（fú hàn）：兰州旁边金城县古名。

积石关：位于今甘肃省积石山县大河家镇关门村，为积石峡东口。

舄（xì）卤：含有盐碱的瘠土。

九有：九州。

四渎：长江、黄河、淮河、济水的合称。

郭弘农赋：指晋代郭璞描写长江的《江赋》。郭璞（276 年—324 年），字景纯。好古文、奇字，精天文、历算、卜筮，长于赋文，尤以"游仙诗"名重当世，曾为《尔雅》《方言》《山海经》《穆天子传》《葬经》作注。

夐（xiòng）：远。

泗：泗河，淮河流域南四湖（微山湖）支流，是山东省中部较大河流。古称泗水，为四渎八流之一。沛：沛河，位于安徽省合肥市长丰县东部，东、北两面与定远县接壤。漂啮：冲刷侵蚀。

祀：殷人纪年，十有三祀。忒：差错。

宗、伯：对表率者的尊称。

粤：文言助词，用于句首或句中。

贺兰：贺兰山，位于宁夏回族自治区与内蒙古自治区交界处，北起巴彦敖包，南至毛土坑敖包及青铜峡。

云中：古郡名。原为战国赵地，秦时置郡，治所在云中县（今内蒙古托克托东北）。雷首：古山名。即今山西省的中条山脉西南端，介于黄河和涑水间，主峰在山西芮城西北。

太华：山名。即西岳华山，在陕西省华阴县南，因其西有少华山，故称太华。二崤，即崤山。因崤山分为东崤、西崤，故称。在今河南省洛宁县西北。

平阴：古地名。春秋周地，在今河南孟津东北。鲔渚：古地名。在今河南巩义市西北。

成皋：又名虎牢，在今河南省荥阳市汜水镇西北。

故渎：改道前的故有水道。

宛丘：古地名，古时又称陈州，位于今天的河南省淮阳区。

邅（zhān）：改变方向。指黄河改道，夺淮河、济河的河道。

委输：汇聚。朝夕通潮汐。朝，通潮；夕，通汐。意思是海边。

《尚书·禹贡》说黄河"播为九河"，远古时期，黄河在今山东境内分为九支，统称"九河"。此句意为这条河在山东分为九道。

碣石：山名。在河北省昌黎县北。

东齐：指周朝时齐国。因地处周之东，故称。此处指山东。

洮（táo）：洮河，水名，在甘肃。大夏：古国名。音译巴克特里亚（Bactria），也叫希腊·巴克特里亚王国。我国汉代称之为大夏。

湟（huáng）：水名，发源于青海，流入甘肃。闱门：古代宫殿的侧门。

高平、芒于、奢延：三条古水名，在今内蒙古一带。这十条河都是黄河的支流。浦（nǎn）：古河名，源出中国今内蒙古自治区，流入黄河。

汴：汴水，又称"古汴渠"，是泗水的一条重要支流。濉（suī）：濉河，水名，发源于安徽，流入江苏。殚稽：全部说完。

淈（gǔ）：水流盛大貌。

溾渨（āi wō）：污浊。渽减（zé yù）：水波动貌。此句皆为水流貌。

灇（hōng）湢（bì）沠（zè）濙（yíng）：皆为水流动的样子。

汩（yù）：迅疾貌。黄浊：黄色浊流，亦借指黄河。浛（chì）：水涌起的样子。

檗（bò）：黄檗树，落叶乔木，木材坚硬，茎可制黄色染料。本句意为无需黄檗染色，水也是黄色的。

滉瀁（huàng yǎng）：水深广貌。

濊（huì）：水盛多貌。轧汸（wù）：细密。

廋（sōu）：隐藏。

吕梁：山名。在今山西省西部，位于黄河与汾河间。

砥柱：即中流砥柱，位于三门峡市东北约50里的黄河河道之中。

集津：集津仓，在今河南三门峡市东十余里黄河北岸的龙岩村附近，今已淹入水库中。《资治通鉴》记载：唐开元二十二年（734年），转运使裴耀卿因三门峡险阻，常有覆舟之患，在"三门东置集津仓，西置盐仓，凿漕渠十八里以避三门之险"。

阨：同"厄"，险要。崄巇（xiǎn xī）：指山地险峻崎岖。

洶濩（hōng huò）：波浪撞击声。

灛溗（àn píng）：水流汹涌激荡。渝潷（xì bì）：水流声。

絾（hài）：迅疾地擂鼓。

改听：不敢再听。

伙（cì）飞：即伙非，春秋楚勇士。后亦泛指勇士。

樗里（chū lǐ）：樗里疾（？—前300年），又称樗里子，嬴姓，赵氏，名疾，战国时期秦国宗室将领。

漆园：漆园吏，指庄子。史载庄子曾在蒙邑为官，主督漆事。

鲋（fù）：鲫鱼。鳙：俗呼黑鲢。鳟：鳟鱼。鳀（tí）：鳀科鳀属的鱼。

鲐（tái）：即青花鱼。鳉（gòu）：一种细长的淡水鱼。鳠（hù）：一种灰褐色的淡水鱼。魾（pī）：一种猎食小型鱼类的鱼。

鲖（tóng）：一种俗称"乌鱼"的鱼，色黑。鱊（jù）：一种银白色的鱼。

鳢（lóu）：大青鱼。魮（pí）：鳏鲅鱼。身上有花纹。

豪鱼：《山海经》中记载的一种鱼，形状像鲔鱼，长有红色嘴巴、红色尾巴、红色羽毛。据说人吃了它的肉能够治疗白癣。

王鲔（wěi）：一种大鱼。汉张衡《东京赋》："王鲔岫居，能鳖三趾。"

苍文：黑色的花纹。

题：额头。

曝鳃而未化：指鱼未能跳跃过龙门的状态。

介族：甲壳类动物。

蛟：古代传说中一种能发洪水的龙。虬：古代传说中有角的小龙。

鯈（tiáo）：传说中状如黄蛇的动物。蛚（lì）：古书上记载的一种能兴云雨的黑色神蛇。

鼍：扬子鳄。

螭（chī）：传说中没有角的龙。

蜃（shèn）：蛤蜊。蚍（pín）：一种产珍珠的蚌。蛎：牡蛎。蠯（pí）：一种形状狭长的蚌。

贲（bēn）：奔走。

蛫（guǐ）：一种蟹。

能：传说中的三足鳖。

鹥（yī）：凤凰的别称。鴋（fǎng）：一种护田鸟。鷊（yì）：鸬鹚。鵨（shū）：一种水鸟。

鵁（jiāo）：一种水鸟，即"赤头鹭"。鶄（jīng）：同"鵁"。鷛（yōng）：鷛鶋，一种嘴尖尾长的小鸟。鸲（qú）：同"鷛"。

王雎：雎鸠，《诗经·周南》中有《关雎》："关关雎鸠，在河之洲。窈窕淑女，君子好逑。"矍（jué），《尔雅》中所说西方的一种比肩兽。

鸂鶒（xī chì）：一种水鸟，形似鸳鸯而稍大，多紫色，雌雄偶游。鸬鹴（lù lóu）：野鹅。

鸮（yāo）：一种鸟，即"鸱"。

舂锄（chōng chú）：一种鸟，与鹭相似。影缨：头上的毛飘动。

涸泽垂胡：能把湖里的水用干。形容鸟之多。垂胡是下巴的毛下垂貌。

当扈以髯：当扈是传说中的鸟名。《山海经》记载"其状如雉，以其髯飞，食之不眴目"。

鷖（yì）：同"鹥"，一种似鹭的水鸟。

阳鸟：候鸟。

䴙䴘（pì tī）：一种水鸟，比鸭稍小，翅短小，不善飞行，俗称"油鸭"。

鵎鵼（là dá）：一种鸟飞起状。

巧历：精于计算的人。

司虞：官名。十六国时后赵所置官，掌牧豢养白鹿、苍麟，以作为驾乘。

藻：颜色华丽。璆（qiú）：美玉。

曾青：矿石名，色青，可供绘画。茈（zǐ）石，紫色石头。

浮磬：水边一种能制磬的石头。硅（niè）：矾石。

碖（lún）：石头。文碖：有花纹的石头。矄（sù）：黑色的磨刀石。

覦（yú）：窥探内在。

黑公：传说赵王政以白璧沉河，有黑公从河出，授玉牒。

五老来告尧期：《竹书纪年》记载，尧治理黄河洪水成功后，在河边祭祀，有五星之精的五老来游，告诉尧《河图》将会出现，到时一位姓姚目重瞳的人（即舜）会即位。

漘（chún）：水边。

掌迹：传说中的河神巨灵，用手劈开华山。

刑正牲：古时祭祀时杀牲畜。

绀（gàn）：稍微带红的黑色。

王泽浸消：君王的权威慢慢消退。

休气：祥瑞之气。

川后：传说中的河神。

庖牺：伏羲。

轩后：黄帝。

放勋：尧。

重华：舜。

蹛（dài）：环绕。

靳：吝惜。閟贶（bì kuàng）：上天珍贵的赏赐。

秦昭：秦昭王三月上巳在河曲置酒，见一金人从河中出现，捧一把剑，示意他"制有西夏"。

世祖：前凉世祖张骏，曾见到有黄龙在胥次的嘉泉出现。

晋君赴哭：《春秋谷梁传》记载，成公五年，梁山崩，遏河水，三日不流。一辇者说："君亲缟素，率群臣哭之，斯流矣。"如其言，而河流。

武帝兴歌：公元前132年（元光三年），黄河决入瓠子河，淮、泗一带连年遭灾。汉武帝在泰山封禅后，发卒万人筑塞，成功控制洪水。汉武帝亲临黄河决口现场即兴作《瓠子歌》。

弘农被化：传说东汉刘昆任弘农（在今河南）太守时，因有政绩深得民众爱戴，以至连凶猛的老虎都不忍再在此地为非作歹，遂驮幼虎渡河而去。

汉宣济：汉宣帝自神爵元年（公元前61年），正式列"四渎"为神，入国家祭典。传说河中有神鱼出。

苍兕：《史记·齐太公世家》："师尚父左杖黄钺，右把白旄以誓，曰：

'苍兕苍兕，总而众庶，与尔舟楫，后至者斩。'遂至盟津。"苍兕为传说中水兽名，善奔突，能覆舟。

太尉：《玄中记》记载，"汉桓帝出游河上，忽有一青牛从河中出，直走荡桓帝边，人皆惊走。太尉何公时为殿中将军，为人勇力，走往逆之。牛见公往，乃反走还河。未至河，公及牛，乃以手拔牛左足脱，以右手持斤斫牛肉而杀之。此青牛是万年木精也。"

葛玄使鱼：《神仙传》记载，葛玄一天问卖鱼的人要一条死鱼，要让鱼到河伯那里。他把丹书之纸放到鱼肚子里，把鱼扔到水中。不一会儿，鱼回来跳上岸，吐出藏青色的墨书，然后飞走了。

秦伯济师：《左传·文公三年》，"秦伯伐晋，济河焚舟。"

灭魏之谋：齐宣王十一年，齐国与魏国攻伐赵国。赵国决黄河水淹齐国、魏国的军队。

申徒负石以自沉：商代末年人申徒狄，不忍见商亡，抱石自沉。

方叔：周平王动迁，王室衰微，负责击鼓的宫廷乐师方叔逃到了黄河边。

古冶救骖：古冶为《晏子春秋》记载的春秋时勇士："古冶子，春秋人，以勇力事齐景公。公尝济于河，鼋衔左骖没。冶逆流百步，顺流九里，卒杀鼋。左操骖尾，右挈鼋头，鹤跃而出，津人皆以为河伯。"

子羽斩蛟：传说鲁国子羽带白璧过河，河伯令蛟龙来夺。子羽说："吾可以义求，不可以威劫。"操剑斩蛟，乃投璧于河，三投而辄跃出，乃毁璧而去。

窦门之鸁：《水经注》记载，汉武帝微服出行，在窦门城旅店受辱，又感动于旅店老板娘的深明大义，"厚赏赉焉，赐以河津，令其鸁渡。今窦津是也"。

一苇之杭：《诗经》中《河广》说："谁谓河广？一苇杭之。谁谓宋远？跂予望之。"杭：通航。

捧土之塞：东汉初，朱浮为大将军幽州牧，负责讨定北边。渔阳太守抗命，朱浮写信给他说："今天下几里，列郡几城，奈何以区区渔阳而结怨天子。此犹河滨之人捧土以塞孟津，多见其不知量也。"

息壤：《山海经》记载，天帝命鲧治水，鲧偷了天帝的息壤治水，天帝命令祝融杀鲧于羽郊。

芦灰：《淮南子》记载，人间洪水滔天，女娲烧制芦灰以堵塞洪水。

延世使堤：《汉书·沟洫志》记载："河堤使者王延世使塞，以竹落长四丈，大九围，盛以小石，两船夹载而下之。三十六日，河堤成。"

王尊祝水神：西汉大臣王尊曾率吏民到黄河边抗灾，祭祀水神河伯，并请以身填金堤。

江使遇余且：《水经注》记载"昔宋元君梦江使乘辎车，被绣衣，而谒于元君。元君感卫平之言，而求之于泉阳，男子余且献神龟于此矣"。

探珠骊颔：《庄子》中庄子讲的故事，说有一个靠编织苇席为生之人的儿子潜入深渊，得到一枚宝珠。父亲说：拿过石块来锤坏这颗宝珠！价值千金的宝珠，必定出自深深的潭底黑龙的下巴下面。你能轻易地获得这样的宝珠，一定是正赶上黑龙睡着了。倘若黑龙醒过来，你还想活着回来吗？

商丘开：《列子》故事，商丘开投奔范氏子华成为他的门客。有一次从高台跳下而没受伤；有一次游进河的深处找到了宝珠；又有一次往返于火中，尘埃不沾身体不焦。众人请教他有什么道术，他说："以前听别人赞誉范氏之势，能使活着的死亡，死去的复活；富有的变穷，穷的变富，我深信不疑。所以从不考虑形体的安全，只是一心一意，觉得没有什么能违抗我，如此而已。"

金狄：金人，铜铸的人像。《水经注》中传说，淝水之战后一金人被推落至三门峡附近黄河中。

木罂：木柙夹缚众罂缶而成的浮渡工具。韩信曾从夏阳以木罂运送士兵以伏击。

宣尼：孔子。西汉平帝于元始元年（公元 1 年）追谥孔子为襃成宣尼公。

《论语》记载："子在川上曰：'逝者如斯夫，不舍昼夜。'"

亡人投偃璧：指晋文公重耳流亡时的故事，舅父对重耳说，"亡人无以为宝，仁亲以为宝。"亡人指流亡的人。重耳去秦国将要渡河时，子犯给重耳璧并表达了自己的担忧，重耳马上沉璧以盟誓。

周宝：指九鼎，传说沉于黄河。

瓯脱：边境荒地。

斥卤：又称"舄卤""潟卤"，指盐碱地。

硗埆（qiāo què）：土地坚硬瘠薄。

亩钟：土地肥沃，产量高。上腴：最肥沃的土地。

濩（hù）：水散布广大。

有孚：《周易》坎卦，"习坎：有孚维心，亨，行有尚。象曰：习坎，重险也。"有重叠险象，但有忠信之心。

周穆：指周穆王八骏西行故事的《穆天子传》。

荒经：传说是夏代时所作的《山海经》中的《大荒经》。

郦氏：指郦道元的《水经注》。

法显：指第一位到海外取经求法的东晋高僧法显所著的《法显传》（又名《佛国记》）。

骞英：指张骞出使西域。

颢（hào）：白色。

中极之渊：又名从极之渊，深三百仞，是冯夷的都城。

凌门：《山海经》中记载的传说地名凌门之山。

阳纡：古泽薮名，旧说在今陕西境。《穆天子传》记载："天子西征，骛行至于阳纡之山，河伯无夷之所都居。"

罽（jì）宾：古代中亚内陆地区的一个国家或地区名。

皮山：光绪二十八年置县，以古国名命名。位于新疆维吾尔自治区南部。

葱岭：帕米尔高原，古丝绸之路从此经过。

噏：同"吸"。于阗：古代西域佛教王国，中国唐代安西都护府安西四镇之一。地处塔里木盆地南沿。

且末：位于新疆维吾尔自治区巴音郭楞蒙古自治州南部，汉为且末国地，1914 年设县。牢兰：古西域湖名，即今罗布泊。

龟兹（qiū cí）：古代西域大国，以库车绿洲为中心，最盛时辖境相当于今新疆轮台、库车、沙雅、拜城、阿克苏、新和六县市。疏勒：古代西域大国，汉时王治疏勒城，在今新疆喀什一带，信仰佛教。

荒服：古"五服"之一。称离京师二千到二千五百里的边远地方，亦泛指边远地区。由旬：古印度长度单位，一由旬相当于一只公牛走一天的距离，大约七英里，即 11.2 公里。

渚（zhū）：水积聚的地方。

闷磨：唐朝薛元鼎出使吐蕃曾查访黄河源头，"得之于闷磨黎山"。

星宿：元代潘昂霄著《河源记》，记至元十七年朝廷遣官员都实持金虎符至星宿海寻找黄河源头之事。潘昂霄据都实之弟阔阔出所言撰成，对黄河源头一带地形、水系、动植物、人口分布等风情物产记述较详，被视为第一部黄河源头的风土志。

淮出：淮河发源于河南省南阳市桐柏县西部的桐柏山。

济兴：济水发源于河南省济源市王屋山上的太乙池。

江溯：《诗经·周南·汉广》："南有乔木，不可休思。汉有游女，不可求思。汉之广矣，不可泳思。江之永矣，不可方思。"

絜（xié）：衡量。

兼六斗之泥滓：《水经注》记载，"汉大司马张仲议曰：河水浊，清澄一石水，六斗泥。"

海澨：海滨。

尾闾：《庄子·秋水》中记载的古代传说中海水所归之处，江河下游。

曩（nǎng）：以前的。

枝：同"支"，分支。

浲（jiàng）：浲水指大水。

鸿猷：鸿业，大业。

四载：禹治水乘坐的四种交通工具，禹曾说"予乘四载，随山刊木"。

浚：疏通。分杀：新开辟河道以分流。

虞：中国周代诸侯国名，在今山西省平陆县东北。菑：淄水。在今山东。

屯氏：黄河下游故道之一。西汉元封后，黄河北决于馆陶（今属河北），分为屯氏河，东北流至章武（今河北沧县东北）入海。

炎祚：五行家谓刘汉、赵宋皆以火德王，因以"炎祚"指汉或宋的国统。

缵（zuǎn）：继承。

贾让：西汉时曾提出治理黄河的上、中、下三策。

拘拘：拘泥。

司农：古代官名。上古时代是负责教民稼穑的农官。在汉朝时是九卿之一，掌钱谷之事。

少府：古代政府为皇室管理私财和生活事务的职能机构，也负责征课山海池泽之税。

司土：古代官名，商代天子六府之一。掌划分土地种类、定税赋等级。

黄河赋（并序）

明·刘咸

　　黄河为四渎之宗，其源流之远，盖不可与寻常沟壑并论，古今博物之士多有赋咏。予承命之河南，览其势之浩浩，叹其本之渊渊，因为之赋，以续于后赋曰：

　　究物理于五行，颐神志于群籍。信水类之浩繁，各流行而不一。或溶漾如天青，或澹泞如云碧。或泓澄如练光，或绯红如砂赤。或漪涟如蓝，或黟黑如漆。或澄澈如鉴，或沸涌如炙，凡若此之云云，皆可数而历。

　　历惟天河之一派，独殊类于百川。始滥觞于一勺，终润泽乎八埏。脉连渤澥，名播于阗。不朱不紫，匪绿匪玄。本后土以为色，假流沙而作权。因九曲以成势，与三渎而并肩。汉汭其腹，灉沮其咽。济漯其涕，溱洧其涎。羌晨晡之阴霁，伟气象之万千。

　　尔其发源昆仑，汇流葱岭，涓滴所生，日浸月盛。自刚山北流千里，而西至于蒲山之阳；自蒲山南流千里，而东入乎华阴之境，蓄豪悍之腾威，乃龃龉而未逞。忽摩崖而奔开，恣一泻于俄顷。汹涌澎湃，跳跃驰骋。飘然若月窟之舞霓裳，灿然若天机之下云锦。炯然若鉴金之溶范围，翕然若蛮烟之出火井。勃然若骤雨方至而电惊雷震，锵然若大乐将终而金声玉振。突然若万骑出驱以奉诸将之令，哮然若群虎相斗以致一时之命。知者遇之不能不为之昏昏，勇者见之亦不得不为之凛凛。

已而离西域，窥中原，出秦壤，趋禹门，绕潼关之金堤，割砥柱之灵根。通瀍涧兮函谷，汇伊洛兮孟津。接淮泗兮颍上，会江汉兮海滨。牛马之去来兮莫辨，泾渭之混浊兮不分。鱼龙之变化兮莫测，蛟鼍之出没兮无伦。吐虹霓兮吞日月，喷云雾兮浮乾坤。盖至此而大河之胜，有不可得而形容于言者。

于是奋余威，厉铦锷，浩浩荡荡，漻漻潩潩。未雨而鬼怪百呈，无风而神瀚自作。敛而为湍，散而为沫。潴而为渊，注而为壑。遇沟陂兮委填，遇丘陵兮开凿，遇夷壤兮溃流，遇畔崖兮激搏。群山罗列兮不能留，积石嵯峨兮不能遏，泥沙昏滓兮不能壅，大泽弥漫兮不能括，盛矣哉！其量之同乎太虚，渊矣哉！其光之涵乎冲漠，雄矣哉！其势之达乎沧溟，壮矣哉！其声之动乎寥廓。意者天地之气机，而造化之脉络邪？意者其方舆之心腹，而河海之郭廓邪？不然何宽何洪，众流必容，何去何从，万折必东。由中润下而不厌，履险涉难而皆通，流昼夜而不息，亘古今而不穷。吾不知其于世何物与之争雄，宜乎魏国美之以为宝，汉家以之而誓功。

思昔洪流滔天，不辩区域。渺九州岛之一潴，皆浸淫而洋溢。惟禹圣人继天立极，慨两仪之混茫，念群生之昏溺，乃刊木而随山，因顺流而疏涤，虽手足之胼胝，三过其门而不入。九载勤劳，厥功始毕。然后地平天成，烝民乃粒。舟楫以之而通，财赋由之而殖。历世相承，至有今日，然则论河之功，可不知神禹之力。

我国家奄有寰区，车书混一，海宇晏如，恩波之所及，德泽之所敷，罔不率俾，来贡来输。故斯河也，有带砺之固，无泛滥之虞。迨今宁谧五十余年，每澄清兮见底，辄浃旬兮不污。愚也何幸，身逢承平之盛世，而因睹乎祯祥之屡书，庆千载风云之嘉会，得乘查于斗牛之墟。爰摅诚而献赋，聊以效夫龙马之呈图。

（据《历代赋汇·卷二十五》校勘、注释）

【作者简介】刘咸（1388 年—?），字士皆，江西吉安府泰和县千秋乡四十一都人，永乐十年进士，曾任河南道佥事等。

注　释

承命：受命任官。

溶漾：水波荡漾貌。

澹泞（dàn nìng）：清且深貌。

练光：闪光白练。

黟（yī）：黑貌。

八埏：八方边远之地。

渤澥（bó xiè）：古代称东海的一部分，即渤海。

汉沔：汉江。

灉（yōng）沮：二古水名。故道约在今山东省西部、河北省南部一带。

济：济水，古代四渎之一。漯水：故道自今河南浚县西南别黄河向东北流。

溱洧：溱水与洧水。在今河南省新郑一带。

刚山：《山海经》中的山，传说山上生长着茂盛的漆木，遍布叫作雩琈的美玉，刚水从此发源，注入渭河。

蒲山：今河南南阳县北三十里。

龃龉：形容两河分流。

俄顷：片刻，很短的时间。

瀍涧（chán jiàn）：瀍水和涧水的并称，在洛阳地区。函谷：函谷关现位于河南省三门峡市灵宝市函谷关镇。

颍上：地处安徽省西北部，淮河与颍河交汇处。

铦锷（xiān è）：锋利的刀刃。

漻（liáo）漻蔼（gé）蔼：水清澈。

方舆：大地。

郛廓（fú kuò）：屏障。

烝民乃粒：《尚书》："烝民乃粒，万邦作。"意为百姓都有饭吃。

奄有寰区：意为占有天下疆土。

车书混一：指天下统一。

罔不率俾：来自《尚书》，意为全部顺从。

浃旬（jiā xún）：一旬，十天。

斗牛之墟：晋初牛、斗二星之间有紫气，后在丰城的地下掘出龙泉、太阿
二剑，表示此地人杰地灵。

摅诚（shū chéng）：竭诚。

黄河赋

明·薛瑄

　　吾观黄河之浑浑兮，乃元气之萃蒸。浚洪源于西极兮，注天派
于沧瀛。贯后土之庞博兮，沓玄沟之晶明。过积石而左转兮，龙门
呀而峻倾。薄太华而东骛兮，撼砥柱之峥嵘。入大陆而北徙兮，迷
不辨夫九河之故形。经南海而纪众流兮，擅浮沉之濯灵。览颓波而

怀明德兮，又何莫非姒氏所经营。登昆仑而俯视兮，固仿佛其初迹。驭高风而骋望兮，遂周游其曲直。何末流之混浊兮，始清澄而湜湜，羌澹滟而徐趋兮，势沄沄而自得。

触险石以斗暴兮，诧雷轰而觳击。天宇扩其沆漭兮，渺上下之玄黄。雾雨霏霏而溘集兮，混邃古之洪荒。微风荡拂而涣散兮，天机组织其文章。颓猋浩而汹涌兮，百怪垂涎而簸扬。腥云浊浪以荡泪兮，恍忽颠倒夫舟航。灵曜升而赫照兮，乘正色于中央。望舒在御而下临兮，列宿涵泳其光芒。若乃震秉符以行令兮，百谷淫淫其冻释。山泽沮洳以上气兮，赠溉瀁之洋溢。鱼龙乘涛以变化兮，杳莫测其所极。祝融载节以南届兮，雷雨奋达以霿霈。演支流而股合兮，百川奔而来会。木轮困而漂拔兮，蔽云日而淘汰。狂澜汹而啮岸兮，块土焉塞夫冲溃。霜戒严而木脱兮，少昊执矩以司秋。洲渚缅邈而石出兮，始杀湍而安流。霰雪分其四集兮，颛顼乘坎以奋神。大块噫气而摩轧兮，流渐下而龙鳞。层水横绝而山委兮，河伯驱石以梁津。羌险夷而明晦兮，变朝暮与四时。飙风起而冲水兮，莽怪骇其难推。睹圆方之一气兮，恒来往而密移。

昔尼父之叹逝兮，跨百世而罕知。顾川流之有本兮，与终古以为期。启龙图而玩六一兮，悟主宰之所为喟。余心之未纯兮，感道妙之如斯。聊诵言以自明兮，庶昼夜之靡亏。

（据《历代赋汇·卷二十五》校勘、注释）

【作者简介】薛瑄（1389 年—1464 年），字德温，河津（今山西省运城市万荣县里望乡平原村）人。河东学派的创始人，世称"薛河东"。其著作集有《薛文清公全集》四十六卷。

注 释

沓（tà）：同"沓"，水翻腾沸涌。玄沟：神秘的深沟。

呀：凌空。

姒氏：大禹。

仿佛：意思是隐约、依稀。

湜湜（shí）：水清见底的样子。

澹滟（dàn yàn）：淡雅澄澈。

诧：惊讶。毂（gǔ）：泛指车。

沆漭（hàng mǎng）：水面辽阔无际貌。

霪霪：同淫雨，连绵不断。滃（wěng）：形容水盛。

望舒：中国神话传说中为月驾车之神，也可借指月亮。

沮洳（jù rù）：低湿之地。《诗·魏风·汾沮洳》："彼汾沮洳，言采其莫。"

滉瀁（huàng yǎng）：水深广貌。

祝融：三皇五帝时夏官火正的官名，有多位著名的祝融被后世祭祀为火神灶神。南届：到南方。

霶霈（pāng pèi）：大雨。

囷（qūn）：回旋，围绕。

少昊：传说中古代东夷集团首领，名挚（一作质），号金天氏。传说死后为西方之神。

颛顼：上古帝王名。"五帝"之一，号高阳氏。相传为黄帝之孙、昌意之子，生于若水，居于帝丘。

黄河源赋

袁瑞良

东临渤海，西望长天。踏寒霜，破秋水，剑断微澜。

呜呼，黄河！无休无止，无疲无眠，滔滔湍湍，何为汝源？

呜呼，吾源！源于巴颜喀拉之山。方圆四万之广，海拔五千之高。拥峰峦交错之势，呈谷壑纵横之形。肩依于巍巍青藏，臂附于莽莽苍原。背巴颜喀拉山之阴，面昆仑余脉之阳。倚雅姿雅各山之北，傍雅拉达泽峰之东。西接可可之脊，东至玛多之城。北望西海之水，南临玉树之风。上沐长天之朝露，下浴宇宙之甘霖。山涌涓涓之泉水，地吐淙淙之清溪。泉溪雨露，融溶而生源头之水。地乳天汁，润闰而酿华夏之津。是以有孜孜之源水，悠悠之细流。

呜呼，黄河之源！百泉汇集，千溪波连。淙淙潺潺，何为汝之源头？

呜呼，吾之源头！正附两股溪泉。正源出于红色之峡谷，附源发自绿色之盆地。红峡卡日曲，岸红壁赤。盆地约古宗列，草碧茵青。卡日曲上涌五股碧透之春泉，淙淙而成溪；下汇数条清澈之秋水，潺潺而成河。约古宗列盆地草茂土肥，泊网如罗。喷泉汩汩，如汤而沸。泊水寂寂，溢而无息。流如飘带，软若柔丝。八弯九曲，泌泌靡迤。两源出重山，越高峡，穿石求路，过涧抛沙。逢悬崖而飘然羽下，遇顽石而迸溅飞花；经百里之波翻浪滚，千番之越壑穿峡。汇于禾欠之麓，合于孔雀之河。殊途归之同路，二源合为一流。

涓涓之溪，始有泱泱之水。潺潺之泉，方成汤汤之流。

呜呼，黄河！源头初始，水细流单。何以跨九省而入海，历万古以扬波？

呜呼，吾身！短而且小，细而且单。然小有大志，短有长谋。细而胸宽，单而怀敞。可容百川，可纳万流。偏湖孤泊，欲出山而无路。残波断流，求入海而无途。故望东去之水，争相为伍。见赴海之流。倾囊而注。而吾珠滴不弃，寸流不丢。于是而愈流愈宽，愈走愈远。首济吾者，星宿海。其北傍琼走冰峰，南倚着玛雪岭。状若舢板，形似扁舟。沼泽泥淖，似海非海。水草青青，翩翩若催波碾浪。银泊点点，闪闪若露宿群星。遇吾则倾巢而出：草舞水腾，化涛于沼泽之地，纳浪于水草之窝。食波于涟漪之胸，释流于舒缓之怀。悠悠乎，源泊倏然一体。漾漾兮，水阔顿然流宽。次济吾者，扎陵湖。其状如贝，腰细而身长。长宽五百多里，拥水四十余亿。吾至则扬全湖之波以迎两厢，献两色之媚以侍左右。半湖碧玉之绿，半湖初乳之白。吾藉其波而水涨流宽，出如决蓄水之池，壅壅涌涌，湍湍扬扬。再济吾者，鄂陵湖。其状如葫，身短而臀宽。湖面六百余里，藏水一百余亿。静则蓝天碧水，映万千气象于一湖。白唇之鹿，于湖畔之岛悠悠闲走。红嘴之鸥，于餐鱼之厅叽叽争食。峰峦重叠，绰约掩映于水下。鱼虫相伴，往来嬉戏于林间。动则风啸于高峡之谷，水哮于碧水之波。上卷黑云之涛，下掀排空之浪。云涛滚滚，昆仑摇摇欲倒。湖浪滔滔，碧水漫卷长天。吾离扎陵湖北纳多曲之水，南揽勒那曲之河。过三百米朗玛之峡，分九股之道而入鄂陵湖。如滴水之入海，若冰雪之临炉。倏忽之间而形消影化，转瞬之内而踪遁迹无。经鄂陵湖之腹绕肠环，始而得出。然入时如蛇，出则如蟒，水阔流宽，波壮涛粗。行之如决堤之澜，奔之若翻腾之浪。其形滔滔，其势潾潾。经多湖之区，过沼泽之地。则温文娴淑，儒雅端方。如藤而走，如蔓而流。蓝湖翠泊，点缀左右。如串如挂，如玉如珠。入玛多之境，终源区之路。拥四十米宽之河道，积两万里广之水面，始而由源成流，有连环而走缠绕九省之势，具奔腾而流穿越时空之力。

呜呼，黄河之源！无汝而无流。何以知河而不知汝，重流而轻汝？

呜呼，吾心！不求闻达，不慕虚名。不求人宠，不厌寒贫。不逞壶口之勇，不献昙花之媚，不入庙堂之喧。酿万物之乳，不舍昼夜。滋生命之汁，日日年年。劳而无怨，功而不言。所劳默默，所作虔虔。所劳所作，在高山之远。所奉所献，在涓滴之间。无突发之功，少骇世之患。而河之流者，性生两面。时而桀骜，时而温婉。逆之，则桀骜。狂放不羁，决而为患。顺之则温婉。滋苗润土，献媚发电。世惧其桀骜而期其温婉，故于凶悍乖张之流而适之顺之，于温良敦厚造福而不为祸之源而疏之远之。世人饮其水而不问其源，竹帛书其流而不书其端，庙堂议河之患而不议源之忧。故人之知黄河者，多在其曲其险其灾其患，而少知其根其源。且已成习者：有河患之忧，无源断之愁。此之所以知河知流而不知源、重河重流而不重吾者之由也。

呜呼，黄河之源！淙淙之泉，汁乳千年。流经万世，汝可有忧？

呜呼，吾忧！吾者，瀚流之始，文明之端。携九曲之澜，横贯华夏；吐不竭之泉，孕育五族。泉孤溪短，系乎天下。波软澜单，关乎国家。失其泉，则黄河根断，地失其汁，民失其乳。断其溪，则民族魂丢，文断其脉，史断其头。源即为本，源亦为根。而本者根者，犹世间万物。需滋需哺，方久其命，非无度之掠取而可久其用者。故爱源即为固本，护源亦为佑根。然不肖子孙，为蝇头之利，盗珍禽异木。破源区生态之衡，以坏其本；无知众生，为眼前之需，挖冬虫夏草。绝源区蓄水之基，以伤其根。以致昆仑扼腕，喀拉皱眉。云为之叹，雾为之羞；雨为之怨，风为之愁。吾之忧者，此也。倘本之不固，何以繁衍？根之不留，何以绵延？竭时再护，岂不晚矣？断而再续，岂不无时？愿炎黄子孙，皆抱固本之态。芸芸众生，均怀佑根之心。勿为己利而断子孙之脉，勿为私心而做千古罪人。

（本文来源于《中华辞赋百家赋选》）

【作者简介】袁瑞良，满族，国家一级作家。1950 年生于河北宽城。1976 年毕业于河北大学中文系，曾任河北省人大常委会研究室副主任、全国人大常委会叶飞副委员长秘书、福建莆田市副市长、江苏南通市副市长，现任南通市政协副主席、《中华辞赋》社编委。著有《阅江楼赋》《十赋黄山》《十问黄河》《十叹长江》《十望长城》等。

黄河三峡赋

焦玉洁

黄河西出昆仑山，滥觞星宿海，曲折逶迤，始抵积石。越岭贯峡，决堤而出，乃至永靖。昼夜不舍，终归东溟。积石峡至金城，二百里许，地处古道，关塞烽墩遥望，兵寨渡口杂陈，蕴刘家、盐锅、八盘诸峡，故谓黄河三峡。

黄河自入三峡，波回流舒，初阻于刘家峡之坝；澄沙堆泥，徜徉于头二坪之地。沟壑横出，坡田斜挂，远古先祖，狩耕于兹。偎积黄土，掩祭坛而偎苍崖；漫涣浊流，澄陶器而聚浊流。一朝显露，九州瞩目。耸肩丰腹，赞规制乎惊奇；图妙色艳，叹绝世乎无双。因奉为彩陶之王，故藏于华夏之都。河水扬波，回旋于扎地浪之下；揽缰稍驻，徘徊于炳灵寺之侧。仰开元之大佛，妙像庄严；荡深沟之花香，幽芳被野。群山诡异，或坐或卧，高峰有衔日之姿，空谷做吞云之状。悬崖若剑斩刀削，可凭可窟；深洞藏飞天乐舞，百代若梦。回步未几，水逼山退，峰束河怒，豁然出峡。吞千家之祖业，聚万顷之碧波。浩荡缥缈，初无际涯。山外鸣笛，破浪时轻舟画舫；水上浮影，点缀处片帆渔火。鳞潜羽翔，影随朝暮层云；浪拍长堤，声撼午夜幽梦。坡前有桃李之重荫，农舍无旱燥之酷暑。存繁华于旧梦，开盛业于今朝。远引漓水，陡阔长湖。复越数十里，石峰对峙，绝壁相映，榛草攀附，怪怪奇奇；悄纳洮水，静澄沙泥，碧波黄涛，二龙缠绕。

双水呈戏珠之姿，峡谷留风雨之声。溯波而南，洮水绵邈，石峰嶙峋，夹河耸立。崖间挂揽云之古柏，峰侧排遮空之长松。狮象蟠踞，双岭环拥，黑山人踞，涧水琴鸣。山门云吧咪宝山，庙宇曰带雨修行；岩洞留金花仙姿，清泉含疗养神力。复至龙汇之地，石峡曲折，绿水萦萦，数受其制，返流回波。巨坝承万斛之碧水，长缆输亿兆之电流。泄水喧嚣，出峡而西。远窥牛鼻之狭道，跃高台于月川之首；近阻盐锅之长坝，荡清波于太极之间。探允吾之古地，存两汉之遗韵；润永靖之新城，开今世之盛业。护岸长堤，掩柳槐而留翠；依坡高楼，夹直道而争荣。似坻平道，环湖而跨岸；如虹索桥，高引而卧波。南岸禅院，深供典确真身，殿宇巍峨；北山长云，时蔽雾宿诸峰，云雾缭绕。阡陌纵横，接水次之连天蒲苇；菱蓂聚散，尽渚头之蔽波藕荷。莲蓂长承夏露，芦花最宜秋风；蒲炬悄染晓红，藕蕊竞夸晚香。环岛僻观景之轻道，可众览渡口落晖，独步芦花深处；湿地做赏花之旷野，宜尽观九色嫩瓣，漫游多彩花海。即出峡口，山环岭回，略无阙处，水若游龙，未见首尾。其左沙径，直通南谷。山崖舒展，恍然鹏举；奇峰并列，宛如壁立。野花扬芬，勃郁深涧；群禽竞唱，响彻幽谷。初日照旧时之佛影，斜雨探新殿之帷幕；泉水极西域之灵山，秋露染岗沟之名刹。复回河上，再越重岭。平岗长谷，空山隐巨兽之吼；剖土曝岩，阳坡留恐龙之迹。望谷暗思，嘶号低昂；抚痕静听，足音撼地，固远古之遗响，亦兴替之佐证。足音远至，抱龙梦惊。虽藏童山，所处秀绝。松揽风雨兮岭润，榆留云雾兮山暗；花织锦缎兮坡秀，草铺绿茵兮滩蕴。怒龙奋鬣，欲腾身于九霄；垂尾排云，将遨游于汗漫。河水东归，轻携湟水，越八盘峡而下，欲揖皋兰，始剖兰州；当寻孟津，怒悬壶口，终成大河之豪举也。

　　黄河三峡，非独山川奇秀，亦英才辈出，为陇右之胜。张心一挺身此间，卓然独立。发奋攻读，伴孤灯而更残，终成饱学；留学欧美，挟硕智而自强，归报华夏。尝执掌三陇之水利，造福黎民；更荣膺农学之会长，服务国家。斯人虽归，德泽长存。朵英贤高蹈其后，亦抚河启蒙，金城再造，京都成就。饥寒兵乱，未阻当年苦读之心；内斗浩劫，难坠今朝报国之志。研制九五之枪族，扬我国威；列装华夏之劲旅，壮此军心。世称中国之枪王，国聘工程之院士。建功如晖，光我乡土。山川灵气，亦钟秀于文人，江河柔情，更蕴才于书生。罗锦山降生南村，罗家川犹存故舍；老贡生主讲山场，凤林院倘留旧址。案牍之余，挥毫作书；批阅之暇，随意染翰。榜书具飞腾之势，云阵起千丈蛟龙；草字带迟滞之意，高崖悬百岁枯藤。诗吟枹罕八景，字字玑珠；词填落魄半生，阛阓美玉。墨迹染河州，家家竞藏罗锦山；足迹遍山乡，处处争颂真文人。孔德良亦生北坡，孔家村倘存族人。高讲师育才师范，域内外殊多桃李。陡坡平岗，曾作牧羝之处；河湾水次，多有写画之痕。圣门宗子，庭训更继省训；耕读之家，劳声且伴书声。村学启蒙，师范得道。茅屋频添灯油，解书卷而心读；传舍数应催眠，存粉本而手绘。山水树石，画遍山魂水魄；人物花鸟，写尽人间春意。

黄河三峡，非唯山川奇佳，人物俊伟，亦民风淳朴，物产丰厚。傩戏演古，人神舞于台场，拟俏古时耕猎；花儿唱新，男女诉于野地，道尽当下情怀。白塔川养育掌尺木匠，庙宇殿堂，皆出其手；设制奇工，称雄西北。王家村聚居铸铁师工，钟鼎神器，多出其门；翻制精妙，享誉金城。滋补之物，东山产百合，润肺安神，名满域内。川塬出红枣，阴阳俱补，康身健体。养人食粮，西山多土豆，沙瓤细质，宜烹宜煮，顺和百物。川塬植玉米小麦，苗壮田亩，富含营养，最能养生。复有旱坡花椒，色纯性烈，宜调诸食。山地豆菽，胡麻油菜，汁清味香，厚我三餐。草莓河鲤，唯此为是，名播远近，传声陇上。

黄河三峡，山川秀丽，神奇如是。天造地设，国助人建，以至于此。唯愿和风细雨，蓝澈河水，绿遍群山；家事遂意，人心和顺，国享永年。

（本文来源于网络）

【作者简介】焦玉洁，甘肃省书协会员，甘肃省临夏州书协副主席。创作有散文、诗词、辞赋等文学作品，出版有《一枝斋诗文集》等。（据网络整理）

黄河金岸赋

王正伟

悠悠千古，浩浩然大浪惊涛拍岸；生生不息，荡荡乎卷云堆雪御风。黄河远上白云间，其势壮也；黄河之水天上来，其势雄也。雷霆之势，奔啸千里，直下卫宁。中卫入，惠农出，凡三百九十余公里，九曲八弯，高峡平湖，玉带生烟，浪淘千寻。中卫、中宁、青铜峡、吴忠、灵武、永宁、贺兰、银川、平罗、石嘴山十城星罗棋布，傍河而居，因河而盛。塞北风情，江南气象，呜呼，黄河乳汁千年，金岸文明百代，有容百川之大志，纳万流之长谋，此宁夏平原之谓也。

携千层浪波，润百里沃野。其沿岸也，山尚山势，水崇水形；贺兰夕照，千载雄浑依旧；黄河烟波，万世风韵犹然；丝绸古道兮沧海桑田，边墙关塞兮浮云白驹；人文俊彦，风物深秀。其两岸也水墨平畴，稻菽飘香；水草丰美，牛歌羊唱；湖泊纵横，湿地交错；轻舟摇曳，渔歌互答；山岳点翠，沙漠烁金；原平而水阔，天锦而地绣。且夫，长于农经，兴以工商；民风厚淳，百姓富庶。塞上江南，山水画廊，黄河之福，厥维宁夏！

自古锦绣地，从来繁华景。新中国立，春和景明，民众归心，人烟密布，产业聚集，城乡统筹，山川协调，农工俱兴，商贾并辏。大银川，区域中心城市聚势而张；石嘴山，新型工业基地际会风云。吴忠，滨河水韵鹏抟万里云蒸霞蔚；中卫，浪漫都市志拓八荒毓秀钟灵。灵武、平罗、青铜峡光曜观瞻，全国竞雄；中宁、永宁、贺兰羽翩振奋，百强争进；天府新景，华夏驰名，黄河之盛，厥维宁夏！

嗟夫，天行健，西部风愈劲；地势坤，长河涛正雄。公元二〇〇八年，以黄河标准化堤防建设为契机，自治区党委、政府感怀天地，谋民生之大计；恩戴自然，图破壁以偾张。打造宁夏之增长极，发展西北之动力源。搭内陆开放之平台，兴科学发展之战略。弘经济以懋勋，彰民生之惠政。长策高远，凭人和以畅行政；成愿千古，借伟略而展才雄。宏业历践，干群请缨。大旗高擎，四地市心齐力协；旌帜漫卷，六县城翼比肩并。争一流，逞英豪；破壁垒，成一统；睦和谐，重包容；同发展，共欣荣。立黄河之圣坛，造黄河之楼阁，建黄河之碑林，兴黄河之新镇。建设沿黄城市群，取优势以互补；打造金岸经济带，成犄角而协同。以产兴城，以城带产，开发开放，泽惠万民。并集防洪保障、便民交通、生态人文、旅游风景、特色城镇、文化呈示诸功能于一身，绘宁夏印象于宇内，展江南风采于塞上。夫金岸也，天赋神秀，串城乡以成气势，聚精华而生盛景，行千里滨河之大道，观万顷江南之美景，眺现代产业之崛起，阅黄河文化之兴盛。衢通西北，接四方菁华；道贯京畿，迎八面来风，其势胜，其境阔也。

观夫"黄河金岸"之伟略，格局煌煌兮，赋党委政府之远瞩；产业秩秩兮，显科学发展之慧智。立心于天地，日月同表；受命于民生，山水共鉴。

（本文来源于网络）

【作者简介】王正伟，回族，1957年6月生，宁夏同心人。中央民族大学少数民族经济研究所民族经济学专业毕业，在职研究生学历，法学博士学位。中共十七届、十八届中央委员，十二届全国政协副主席，宁夏回族自治区党委副书记、区政府主席。（据网络整理）

小浪底赋

屈金星　张艳丽

鸿蒙演荡，盘古挺天地之脊梁；昆仑逶迤，长河酿华夏之琼浆。降马画卦，伏羲启迪蒙昧；抟水抟土，女娲化育阴阳。立国铸基，大河护佑炎黄；劈山疏水，禹功惠及黎苍！黄河澎湃，累积膏壤。地驰俊采，云蒸盛昌。大道探悟于九曲，厚德滂被乎八荒。一河孕育汉唐雄风，千秋升腾乾坤气象。然逝者如斯，涛声悲怆：浊流翻滚，纵横无缰，生灵涂炭，流离四方。叹沧桑长安，黄沙汴梁！问滚滚浊浪，河道哪方？

大国肇创，喷薄朝阳。大哲问河，心怀四荒。辅佐耿耿，良言锵锵。远瞩高瞻，运筹帷幄于燕京；精心布阵，谋定而动于洛阳。天赐桓枢，襟秦岭，挽太行，九河俯冲汪洋；守中原，护齐鲁，一峡横锁苍茫。小浪底应运而生，大黄河安澜在望！改革东风劲吹，开放大潮激荡。四方精英，问道于黄河；万国旗帜，会盟于太行。国际资本，涌流小浪底；寰宇思维，撞击黄河浪。河床支离，沙石危若累卵；峰崖兀立，洞隧密赛蜂房。洞塌岩阻，工期延宕。气豪万古，挽狂澜兮高峡；云凌九霄，卷霹雳兮北邙。移山填海，爱国豪情以挟风雷；筑坝蓄水，治河壮志为引龙黄。长虹卧波，绘连绵之宏图；铁臂干云，奏辉煌之交响。鸿功盖世，乃中外智慧之结晶；伟略齐天，实群黎同心之佐帮。高坝雄峙，重置心脏。驯金龙兮瑶池，融碎玉兮河央；纵白螭兮天际，醒雄狮兮泱漭。浪叠河床，有梦复绿；水润稻花，无诗亦香。雎鸠栖兮兼葭漾，白鸥翔兮画廊长。黄沙入海，东京再现梦华；碧流润野，泉城复涌雪浪。星耀洪波，洛神惊兮河图新；灯璨云乡，河伯慕兮沧海光。熙熙民生，缘水而兴；蒸蒸国祚，因河而旺。壮哉母亲河，德泽九州！美哉小浪底，功惠四方！

嗟夫！天行健，日月灿烂；地势坤，江河浩荡。纵览古今，国衰河易泛，河泛则民殃；国兴河益畅，河畅则民康。而今大河安澜，盛世华章。故曰：河运实国运也，治河犹治国也。河道亦国道也，国道若天道耶。河运国运总峥嵘，国道天道俱沧桑！遥梦海晏河清时，莽原星汉共祯祥！乃为颂曰：

昆仑磅礴，百川泱漭。河哺华夏，民铸国纲。同心移山，情动厚壤。众志成城，重任共襄。江河安澜，福泽黎苍。国运殷昌，长乐未央。上善若水，盛德如洋。寰宇和谐，大道无疆！

注　释

鸿蒙：传说世界原是一团混沌元气，叫作鸿蒙。

演荡：演化、激荡。

盘古：中国古代传说，天地还没有开辟以前，宇宙像一个大鸡蛋一样混沌一团。有个叫作盘古的巨人在这个大鸡蛋中一直酣睡了18000年后醒来，凭借自己的神力开辟天地。清气上升成为天，浊气下降成为地。为防止天地重新黏合，盘古足踏大地，手擎苍天，每日长高一丈，把天地撑了起来。过了若干年，盘古老死，身体及毛发化作山川河流和万物生灵。昆仑：古人称昆仑山为中华"龙祖之脉"。黄河发源于昆仑山脉东端的巴颜喀拉山麓。

琼浆：美酒，此处喻指黄河酿造了哺育中华民族的乳汁。

伏羲：三皇五帝之首，是中华民族始祖。他在黄河的支流洛河中降服龙马，画出八卦图。这里距黄河小浪底很近。

女娲：伏羲之妹。小浪底附近，流传着她舀黄河水抟黄土造人的传说。

黎苍：指黎民百姓。

膏壤：黄河淤积的肥沃土地，这是中华民族赖以生存的根本。

俊采：杰出人才，语出王勃《滕王阁序》："雄州雾列，俊采星驰。"

滂被：指恩泽广泛流布。

八荒：也叫八方，指东、西、南、北、东南、东北、西南、西北八个方向，指离中原极远的地方。

汉唐：汉代、唐代。借指中国历史上所有鼎盛时代。汉唐雄风亦是人类文明史上的华彩乐章。

逝者如斯：语出《论语·子罕》："子在川上曰：'逝者如斯夫！不舍昼夜。'"

生灵涂炭：语出《尚书·仲虺之诰》："有夏昏德，民坠涂炭。"形容因为黄患，人民处于极度困苦之中。

长安：今陕西西安市。

汴梁：今河南省开封市。因为黄河泛滥，泥沙曾将其掩埋六次。今天，开封城下埋有六座古代开封城。

肇创：初创。

喷薄：涌起，上升、高涨的样子。

大哲问河：1952年10月，毛泽东主席来到黄河岸边时，询问随行的黄河水利委员会主任王化云："黄河涨上天怎么办？"

运筹帷幄于燕京：1955年7月，在北京召开的第一届全国人大二次会议上，一致通过了中国第一部江河规划《关于根治黄河水害和开发黄河水利的综合规划》的决议。在这个布置了46座梯级水库的宏伟蓝图中，小浪底水利枢纽名列其中。

天赐桓枢：指小浪底水利枢纽工程如一枚战略棋子摆在治理黄河的枢纽位置，对治黄生死攸关、无可替代。

九河：指大禹时代黄河的九条支流，这里泛指黄河。

俯冲：因小浪底地处峡谷，地势高于下游平原，黄河呈俯冲之势。

问道于黄河：指中国、意大利、德国、法国等51个国家和地区的水电精英荟萃中原，问道黄河。

会盟：古代诸侯会面和结盟，此处指联合作战。小浪底水利枢纽在孟津附近，古代八百诸侯曾会盟孟津。

国际资本：小浪底水利枢纽工程，是我国第一个利用世行国际贷款，向全世界公开招标、全方位与国际惯例接轨的大型水利工程。

洞隧密赛蜂房：小浪底地质条件复杂，河床支离破碎，导流洞密布，状如蜂窝。说明小浪底是世界上难度最大的水利工程之一。

北邙：小浪底水利枢纽工程位于洛阳邙山之北。

龙黄：古代称黄河为龙黄。

长虹：喻小浪底大坝和西霞院大坝如黄河上彩虹。

金龙：因黄河水含沙多，河水颜色发黄，故将其喻为金色的龙。

瑶池：古代传说中昆仑山上的池名，西王母所居，水碧如玉。小浪底水库一碧百里，故喻为瑶池。

瑶：美玉。白螭：白龙，喻清水，语出屈原《楚辞·九章·涉江》："驾青虬兮骖白螭，吾与重华游兮瑶之圃。"

雄狮：喻含沙黄水，亦喻中国如雄狮猛醒。

泱漭：水势广大貌。

雎鸠：一种水鸟，语出《诗经》："关关雎鸠，在河之洲。"

蒹葭：芦苇，语出《诗经》："蒹葭苍苍，白露为霜。所谓伊人，在水一方。"

东京再现梦华：宋孟元老著《东京梦华录》，记载了北宋都城东京（今河南开封市）的市井风情。开封市以传世名画《清明上河图》为蓝本，建造了清明上河园，又斥巨资排演了大型水上实景演出《大宋·东京梦华》。此处写小浪底水利枢纽工程将使黄河安澜，助力今天开封的复兴。洛神：传说中的伏羲之女，溺洛水而亡，化为洛神，曹植有《洛神赋》。河图：双关语，一指古代的河图洛书，一指今天的大河宏图。河图洛书在小浪底附近出现，是中国文化渊源之一。

河伯：庄子《秋水》云：秋水时至，百川灌河，泾流之大，两涘渚崖之间，不辨牛马。于是焉，河伯欣然自喜，以天下之美为尽在己，顺流而东行，至于北海，东面而视，不见水端。于是焉，河伯始旋其面目，望洋向若而叹曰："野语有之曰'闻道百，为莫己若'者，我之谓也。"望洋兴叹即源于此。

星耀洪波：化用曹操《步出夏门行》："……洪波涌起。日月之行，若出其中；星汉灿烂，若出其里。"

熙熙：繁多康乐的样子。

蒸蒸：蓬勃向上的景象。国祚：国运。

河道：指治河之道。国道：指治国的道理。

天道：指宇宙运行之道。大道：指宇宙运行之道。

（本文及注释由作者提供）

【作者简介】屈金星，中国诗歌春晚创始人、总策划、总导演，中华新辞赋运动发起人之一。领衔主创《小浪底赋》《雄鹰赋》等作品。主创之《屈原颂》，曾和北岛等一起获全国长诗奖。出版有《屈金星诗歌辞赋集》《开封颂》等作品集。新华社、中央电视台等数百家媒体曾对其进行过报道。

张艳丽，女，中国辞赋家协会会员，河南省作家协会会员，河南省楹联学会理事。2010年以来，先后应水利部小浪底建管局、郑东新区如意湖办事处、山西焦煤集团等多家单位之邀，参与创作《小浪底赋》《如意赋》《龙城西山赋》等多篇辞赋作品。

黄河颂

金学孟

西出青藏，东入渤海。浩浩荡荡，扑奔而来。炎黄龙族渊薮，华夏混沌初开。滚滚黄沙，淘尽千古风流；汹汹波涛，涤净百年尘埃。数不尽英雄辈出，看不完壮丽姿态。岐山烟云去，渭水岚风蔼，雁门将军行，鸡泽英魂在。轻觑西江，睥睨北海。榆关闲度，梓里徘徊。壶口倾盆而下，激荡壮烈情怀。

曾几何时，始皇慨叹，筑就长城做好汉；汉武挥鞭，马踏戈壁出秦关；孟德把盏，纵论天下试比看；世民笑谈，骠骑虎贲入长安。曾几何时，易水潇潇，壮士一去不复返；前途漫漫，直驱西域度劫难；昭君出塞，泪洒京都别河岸；苏武牧羊，怀南凄切大漠汗。滔滔前进，九曲一回肠；涌涌奔腾，挥手十八弯。穿峡跃坡，倜傥高原。踏至虎啸，奔去龙卷。

逶逶迤迤，遒宕龙颜；迤迤逦逦，上游潋滟。托克托县之上，清澄不染；灌溉区域之间，膏土腴田。出河口，下河南，龙子聚，黄土堑，裹金壤，挟泥泛。一路威势，壶口瀑布冲云天；三番湍急，惹怒狂龙脸色变。于是桃花峪里黄龙现，河底开始地上悬。菜蔓青草，结缕爬满；悠闲黄花，堤畔开遍。黄河末段天籁处，诗赋书画葳墨翰。尔其取法自然，以随波而疏流；人工改造，供生息以轮奂。鹦鹉芳洲，四处可见；皇家御苑，八方璀璨。

（本文来源于网络）

【作者简介】金学孟，1962 年 10 月 10 日生于山东省临清市。当代辞赋家，民生理论家，社会评论家。对中国当代辞赋创作颇有造诣，曾被国务院妇儿工委、国务院扶贫办、全国妇联联合授予"爱心辞赋家"称号。（据网络整理）

黄河吟

许俊梁

天赐地造，海召洋邀。百派迤汇，一水狂虓。萃高极之精，恃神州之傲。共大江孪出，期长城互交。古曰之河，然奔若腾龙；隋冠以黄，果涉如流胶。层峦纵心履，顽石任君雕。先贤频垂意，方家竞挥毫。经典疑有约，楼肆长相唠。千秋故事，一段一牵魂，书鼓伴月敲；万里长驱，九曲九连州，筏歌逐浪抛。噫吁嚱！母亲之河铮铮，生命之浆滔滔，文明之乳汤汤，华夏之脉歆歆！

缓以蓄势，急则驰骉。天来之水，率性逞骄。蜿蜒卡日通灵异，点滴源液领大潮。然三级而泻，何一色尽描？青甘流清清，宁蒙汁渺渺，秦晋沙滚滚，豫鲁堤高高。吕梁护驾，岱宗值哨，华岳指路，太行抚腰。扎鄂举目，洮洛献醪，乌东唱渔，汾渭忙漕。壶口鸣雷飞虹，龙门跳鲤锁蛟，渤澥裁带跃金，砥柱钉波劈涛。恒走低，每西顾以恋本；唯皈依，终东逝而投抱。因歌：奔流到海万影消，河弟江兄两相朝。南娇媚，北悍骁，四时百态俱成聊。

仙栖山川，神行广袤。始祖之光，穿雾破晓。大荔蓝田，"直立"之欢呼；丁村河套，"智人"之宣告。因生而群，沿流而巢。捉浅猎笨，望星卧蒿。然蹒跚之步，总开前行之路；造化之主，不欺先飞之鸟。娲母炼石，羲皇演爻，燧人司火，神农尝草。羲和兄弟，历象日月星辰；轩辕君臣，草创衣冕舟箫。尧之明，帝王当范；舜之孝，人子必效。氏族易主大汶口，国画寻根马家窑。宜兴叹羡仰韶盘，宁封羞对龙山陶。凝二土而成器，运九数以为道。思近哲，形追妙，术求精，工夺巧。史前光景，这厢独好！有赞：闲来遐去日，兴起问人潮。生处当安在？河洲有衣胞。

灵水济济，金阳杲杲。皇居之土，拥尊涵奥。君上青眸故都稠，宫廷尚仪金銮高。落照间恍若娥戏，苍烟里依稀扇摇。都三千年，极尽富丽；遗十余墟，弥漫奢豪。班固吟其百一，张衡赋及分毫。长安千春，平阳首肇，汴梁丽秋，洛邑九朝。商殷巡岸六迁，前赵跨河两逃。无字碑，其字无数；有制陵，虽制有凋。噫！昨抚今姻，春统秋剿。于斯斗法，分分合合；倚河角力，征征讨讨。或曰：甸甸史轮随涡转，喋喋活剧对波嘈。铅华洗去了无迹，一域盛名贯碧霄！

礼以行义，文以载道。雄华之洲，荟贤养韶。气凝永生魂魄，云舞不朽风骚。宁信者，河图洛书之玄机，金简玉字之隽巧。至贵也，殷墟甲骨之胎记，新田石玉之故操，敦煌画卷之斑斓，红楼宝黛之懊恼。难尽之，笔底春秋，禅房戒条，壶中日月，帷幄攻交。夙知焉，壤父击壤，方生歌谣；诗宗集诗，乃孕赋藻。掌故浩穰，梳理多少情物；成语数言，简化万千赘考。通灵方块河朔生，测日圆晷河阴造，两群碑林河畔立，四大石窟河浒凿。蒙笔蔡纸黄绫出，秦砖汉瓦黄土烧，唐风宋韵黄祚吟，天香国色黄水浇。诸子千篇，傍流而著；孔孟一脉，匡世以教。"稷下"无责，遂尔百家争鸣；"应天"多才，居然半数入朝。紫气青牛兮，老聃辩道德；北鲲南鹏兮，庄周诠逍遥。汉明求法兮，白马驮释典；张骞使西兮，素丝牵胡桃。异地汇兑，开于晋商；俑阵兵马，出自陕窑。思邈累而药理显，仲景忙而病夫少。赞杏坛笃学笃艺，赏梨园满宫满调。笑才子墨涂鸿雁，怜佳人泪透鲛绡。红线合当红娘牵，边患悉由昭君消；倩魂竟离倩女去，夏雪只为窦娥飘。伯牙绝弦，李密陈孝。王粲攀楼，诸葛奏表。择端"孤本"，多姿之汴河；司马"双璧"，无韵之离骚。七子风骨尽出邺中，二王丹青双跃秋毫。子厚讽黔驴，退之说师保。香山歌长恨，易安诉闺寥。之涣登鹳雀，稼轩梦吹角。希文之"忧乐"，宜作臣勉；牧之之"哀鉴"，方谓王道。王维一诗一画，温岐八叉八韵；杜甫三别三吏，贾岛百推百敲。二十四气，落户东方农家；三十六计，入主西点军校。铿铿兮，冼星海谱闪霹雳，光未然词撼苍昊。浩浩然，《曲》抖精神，《颂》扬骄傲，《谣》燃悲愤，《怒》举戈矛。嗟乎！歌非歌也，乃救亡之呼召；河岂河焉，若传薪之迅跑……余佩之至矣！化育恁多圣能，不舍暮暮朝朝。

大河汉子，有勇有谋；炎黄儿女，备酒备刀。东方狮醒，演绎千古壮烈；北天龙吟，唤起一河英豪。姜尚伐纣封地，姬旦吐哺纳鸷。商鞅变法强秦，相如完璧归赵。卫青挥师北征，去病策马西剿。贤惜能兮，萧何夜追韩信；君宠臣兮，晋帝倚重王导。桃园结义，金兰三姓三品；梅亭煮酒，乱世一雄一枭。杨业尽忠，金沙滩腥风冽冽；岳飞蒙冤，风波亭天日昭昭。戚继光抗倭，威加海内；杨深秀维新，血染京曹。杨靖宇草胄骇敌，赵登禹利刃出鞘。马本斋子忠母烈，彭雪枫勇魁智高。吉鸿昌"死羞"无怨，刘志丹"楷模"永葆。国共合作，剑指寇仇；江河同忾，势如飓飙。嗟乎！地大物博，屡遭觊觎；河长人勇，力斩魔爪。圣地于斯，召万千志士投身；延安何诀，引无数英雄折腰。其必曰：华化之马列，燎原之火苗；磐石之信念，伏虎之略韬……

余感之甚矣！河魂者国魂也，河务者国务；河粹者国粹也，河宝者国宝！

德矣！不以己贵，不服身老，躬而阑殚，忍观烟硝。性焉！总隐其功，总彰以表，挺而跌宕，任由贬褒。缘也！生年无记，先文明之生而生；笑容常敛，后华夏之笑而笑。深浅未改步态，清浊不更端操，曲直难移志向，急缓无辞辛劳。

河之初，眉本俏，苟无束，性乃暴。箍堤千溃，三载两决口；蟒尾九摆，百年一改槽。至若严寒，上下冰罩。最忧凌坝，连冬不消……天灾难预，人祸孰饶。针对芒宁无良策，水代兵反有损招！滑州外芝艾同沉洋，花园口民倭俱湮涛。千里泽国满汪怨，万家墨面几人逃？呜呼！泛滥之秋，天坠一角。

夫观河政，堵而妄，疏而敛，浚而通，亦疏亦浚而治；或察民策，罔则逆，教则化，惠则安，兼教兼惠则效。诚水人一理也，弥鉴百朝。嗟夫！尝求天下之归，盖谓中原所向；复询方州之安，敢问河防可牢？而今歌漫华甸，休说"唯富一套"。非必等千年，渎宗终献宝。幸焉！鳞栉有序，纵观摩云高厦；杖履无阻，横迈卧波长桥。机稼机穑，鲜见乡人浃背；轮运轮渡，何劳纤夫弯腰。堰水比油，免却灯花烛泪；植绿固沙，不再泥滚秧漂。消解羁绊，又展德水鸿姿；协和乾坤，直奔强国目标。河清海晏，早现尧年舜日；天与人归，齐奏凤管鸾箫！

注　释

高极：地球有北极和南极，青藏高原被称作地球的高极。

连州：一州又一州。出自《汉书·王莽传下》。黄河流经青川甘宁陕晋豫鲁及内蒙古等九省区。

卡日：卡日曲，为黄河正源。

扎鄂：指扎陵湖、鄂陵湖。乌东：指乌梁素海、东平湖。

渤澥：渤海。钉波：唐书法家柳公权赞砥柱石为"一柱钉波心"。

奔流等27字：为作者的《渔歌子》词。此后两段末为作者的五绝和七绝。

二土：指陶土的两种主要成分。其矿物原料以蒙脱石、高岭土为主。九数：古算法名。时用以卜吉。

礼以行义：出自《左传·成公二年》。文以载道：出自宋周敦颐《通书·文辞》。

两群碑林：指陕西西安和山东曲阜两大碑林群。

稷下：指齐桓公在古临淄创办的稷下学宫。实行"无官守、无言责"方针。应天：指后晋时杨悫在河南商丘所开办的应天书院（后改称应天府书院）。至北宋开科，其学子及第入朝者竟达五六十人，晏殊、范仲淹皆为应天弟子。

红娘、昭君、倩女、窦娥：各指元代王实甫《西厢记》、马致远《汉宫秋》、郑光祖《迷青琐倩女离魂》、关汉卿《窦娥冤》中的人物。

孤本：指张择端画作《清明上河图》，是为孤本。双璧：此指史学双璧，即汉司马迁《史记》及宋司马光《资治通鉴》。

哀鉴：取自唐杜牧《阿房宫赋》"后人哀之而不鉴之"句中"哀""鉴"两字。

八叉八韵：晚唐科考律诗，八韵一篇。而温庭筠才思敏捷，竟叉手一吟便成一韵，吟八韵只需八叉即告完稿，时人称之"温八叉"。

二十四气：指通俗所说的二十四节气。因包括十二节气及十二中气，故合称为"气"。

《曲》《颂》《谣》《怒》：分别指《黄河大合唱》八个乐章中的《黄河船夫曲》《黄河颂》《黄水谣》《怒吼吧黄河》四个乐章。

天日昭昭：岳飞于风波亭蒙难之时，书"天日昭昭，天日昭昭"八个大字。

死羞：取自吉鸿昌烈士就义诗中"恨不抗日死，留作今日羞"句。楷模：朱德同志题词称赞刘志丹烈士为"红军楷模"。

滑州：今河南滑县。1128年，为阻金兵南进，开封留守杜充在卫辉与滑县之间掘堤。花园口：在郑州。1938年，为阻日军西进，国民政府于此炸堤。这两次人为黄河决口，均未达目的，反使百姓深受其害。

唯富一套：历有"黄河百害，唯富一套"之说。"一套"指河套地区。

千年：有"黄河每千年变清一次，昭示太平富足"的说法。渎宗，即黄河，它被称作江河淮济四渎之宗。

（本文及注释由作者提供）

【作者简介】许俊梁，男，1955年生，山西省临汾市人。1982年毕业于山西师范学院，中学高级教师。中国楹联学会及其书艺委员会会员，山西省作家协会会员，临汾市作协顾问，山西省诗词学会会员，临汾市书法家协会会员。

中华母亲河赋

蒋红岩

沙拥关塞，涓出昆冈。浩荡源于天路，磅礴归于海洋。自盘古辟世，山川簇而端秀，日月照而堂皇。龙马呈图，显睿智之端倪；神龟献瑞，合逻辑之密详。黄河流域，文化之滥觞；黄河水患，千古之恓惶。鲧窃息壤而功败，禹浚沟渠而道昌。此乃天道，亦人事之理也。

洪波卷地，风云变色；惊涛拍岸，草木张扬。黄河翼展，北国之巨擘；黄河水浑，金沙之细量。大漠孤烟，偶挽驼铃之韵；长河落日，时邀鸿雁之翔。黄河故事，历史悠长。伊洛风华，龙门当羡石窟；渭水河滨，吕望只钓文王。张骞乘槎，溯取河源缕缕；昭君出塞，慨叹河水泱泱。近代时危，烽烟常掠黄河岸；中华气盛，延安奋舞红缨枪。黄河溃堤，黎民受之困苦；黄河固本，城村得之清凉。黄河植被，襟围紫塞；太行战事，飙带骈骊。史载物证，黄河实乃中华之根脉，民族之脊梁。

黄河之水，浩浩汤汤。壶口瀑布，中流砥柱；天外飞川，高坝悬床。冰清玉润，最属昆仑雪域；丝商陶旅，当羡河西走廊。华夏千秋，秉五德而辉赤县；黄河九曲，穿三晋而依太行。润泽沃野，塞北江南之境；哺育城郭，尧街禹甸之方。郁郁乎，黄河溢彩；翩翩乎，霞水流觞。其为母亲之河，仁威兼济；其为华夏之脉，源远流长。

（本文来源于网络）

【作者简介】蒋红岩，1970 年 8 月出生，吉林省公主岭市人。字风华，名云卿。当代诗人、辞赋家、辞赋理论家。现任中国辞赋家协会副秘书长、中国青年辞赋学会会长。（据网络整理）

黄河赋

戴松成

神哉黄河，从天而降。穿山裂谷，惊涛骇浪。吞纳百川，气宇轩昂。九曲万里，横卧华邦。龙行大地，一泻汪洋。世界翘首，全球景仰。天下黄河，日月同光。

壮哉黄河，大道宏扬。天精地气，五行阴阳。经天亘地，至柔至刚。百川之宗，文弛武张。阅尽兴衰，历经沧桑。天健地坤，不息自强。不老黄河，万年流淌。

善哉黄河，真情释放。乾坤玉液，母亲乳浆。哺育华夏，滋养炎黄。桀骜不驯，利害农桑。历代治河，百世流芳。水草丰美，鱼米之乡。处处江南，人欢马唱。母亲黄河，至高无上。

古哉黄河，华夏发祥。河图洛书，无穷智囊。三皇五帝，定鼎封疆。夏商周秦，汉晋隋唐。宋元明清，王朝更张。六大古都，大河依傍。历史传承，独尊其长。中国黄河，文明灵光。

文哉黄河，源远流长。四大发明，科技兴邦。唐诗宋词，盛世辉煌。礼乐神器，古今名扬。百家争鸣，万花齐放。经史子集，文兴字昌。儒释道教，共处飞翔。文化黄河，地老天荒。

食哉黄河，农耕长廊。青藏高原，牛羊肥壮。黄土高坡，五谷竞长。平原沃野，稻菽飘香。厚德载物，物阜民康。稼穑丰登，繁衍生养。衣食黄河，天下粮仓。

游哉黄河，山水画廊。雪域高原，藏歌回响。崇山峻岭，十八屏障。六大河湾，万千气象。盆地湿地，无限风光。千里大堤，心驰神往。大河入海，扬帆远航。旅游黄河，大美无量。

强哉黄河，精气神昂。天马行空，独来独往。自辟水径，横冲直闯。命运多舛，不改倔犟。遍体伤痕，坚毅非常。中华气质，无欲则刚。真性实情，豪迈坦荡。英雄黄河，民族脊梁。

福哉黄河，庇佑万方。河清海晏，龙凤呈祥。金沙玉泥，旧貌新妆。千里沃野，满目霞光。文化瑰宝，创造珍藏。大爱无私，奉献佳酿。不吝赐予，罔求报偿。慈母黄河，赐福无疆。

（本文由作者提供）

【作者简介】戴松成，1967 年毕业于河南大学外语系，1981 年毕业于中国社会科学院研究生院新闻系。先后供职于人民日报社总编室和中国交通报社。曾任中国交通报社副总编辑、中国报业协会副会长、中国产业报协会创会会长等。创办河南省文化产业发展研究院和河南省文化产业发展基金会。

黄河赋

王宇斌

君不见黄河之水来天上，咆哮奔腾出远望。君不见高天崩碎女娲石，银汉倒倾声威壮。骇鲸鲵而震蛟鼋，栗沉雷而嗔巨浪。滚六千里之洪涛，冲灌海门；发亿万年之潺湍，溯源青藏。纳百川之涓流，行九州之大场。挟野荒之沙砾，辟重岩之叠嶂。巨石砰然成雷，川岳为之摇荡；丘岭訇开沟壑，云崖崩裂天窗。苍水使者，怅投金简玉书；献瑞麟龟，驮来河图洛相。啸吼兮，丘峦惊悚；磅礴兮，千军莫挡。壶口中雹碎雾喷，龙门外雪激玉撞。是知息壤难塞，大禹费想。堤堰溃摧，百灵羡蚌。

尔其柔怀玉宇，慈含宏量。伏羲育化于中原，神农植稻于榛莽。夸父嘘吸其精气，轩辕承运于沃壤。是知应天者勇，持险者亡。石鼓击空，远近之金铁皆鸣；阡陌纵眸，今古之寇仇胆丧。红日于远天吞吐，离云共金辉晃漾。残豹已驱，英雄起起伏伏；螭战轮回，碧血泱泱漭漭。青纱帐风扫雾霭，落照里尽染阳刚。其为母亲之河、生命之光、中华血脉、炎黄乳浆。育四百兆儿孙，网开慈源；承五千年文化，鉴证沧桑。老子悟道于弱水，孙子握简于河梁。庄子观涛于一派，孔子流教于八方。辞赋誉于楚汉，诗吟漫于宋唐。教宗归其脉络，典经蕴其玄黄。惜其太白诗简，坡老词凉。相如赋少，右军笔殇。壮士骋怀兮，懦夫心悸。慵者振奋兮，达者激昂。名利客，时空淘尽；真英雄，非为帝王。敬尔生生化化，跌跌宕宕；曲曲折折，浩浩汤汤。流沙混沦，洪波致远。北辰待洗，南鲲欲翔。鸣啸而汹涌天地，逶迤而逸傲遐荒。敬尔柔中蓄力，弱中蕴强；动中循道，静中寓狂。敬尔浑浊可清，灵性深藏；情能下泪，怒敢猖扬。敬尔百折不回，唯大海而皈依；虚怀恒志，泯岁月之玄霜。

曾经滩回钓雪，照民生之疾苦；而今乐起钧天，谐盛世之吉祥。七彩霓虹，庆延云日；五福紫气，蒸沃山冈。真水冲融，与天地精神而通感；元化精爽，助苍生奇迹以茂昌。养慧发明，莫夸纸张铜器；滋田广育，茂生金谷稻粱。植被葆青，根基已固；浚疏畅顺，龙蛇任缰。使架海之鲸，莫可横逆；喷浪之鳌，难以嚣张。摧枯荡朽，尘埃祈靖；抱天而流，心源弥彰。

长桥卧波，虹接其霓彩。高堰储玉，电发其精芒。厦庇万间，回看云楼鳞栉；铁船竞渡，不让纤夫踉跄。尧街汇彩，香车驻跸；禹甸牧歌，机耕农忙。王气兆昆仑雪域，商机达花府渔乡。融合而奉献，欣喜天人之合契；凝神而观势，直挺豪杰之脊梁。滚滚尘寰，驰思孰与化游？滔滔浊浪，涡漩非为彷徨。脉源绵传，执着承继；逝者如斯，浑穆苍茫。水调歌头，豪放云天之襟怀；胸消块垒，欲飞千古之霞觞。黄色源流，润黄种之肌肤；黄色土地，祭黄帝之祠堂。听华岳之霜钟沛然，知汉家之英胄慨慷。水生澜，不消英气；天行健，煜照金阳。此深情萦结万世，涌热血澎湃一腔。天山客临流而叹；伟哉！浩哉！来见民族之精魄，归映华夏之辉煌！

（本文来源于网络）

【作者简介】王宇斌，新疆农业大学人文学院客座教授，新疆书法家协会会员，新疆军区军旅书画院艺委会主任，新疆中国画院文化顾问，新疆策划家协会副会长，《新西部》《游览时代》《新疆好地方》等多家杂志社文化顾问。

（据网络整理）

黄河赋

解国记

盘古开天，天地玄黄；混沌初分，宇宙洪荒。亿兆星斗移转，风风雨雨，层层沙尘覆塬台；万千地壳频变，起起伏伏，滔滔汪洋围太行。

清水走出巴颜喀拉，浊流吸吮黄土高原。聚万溪奔流，汇一河浓浆。填沧海，造沃野，供生养。关关雎鸠，在河之洲，繁衍炎黄生灵。河图洛书，一画开天，肇兴中华文明。母亲河，功天地，泽无疆。阴阳共体，福祸并倚。育华夏之摇篮，毁生民也腹患。杂坎坎伐檀，又屡屡拓荒，不尽索取何堪。三载两溃决，改道不百年，洪吞大地遗尸逐流水；禾稼尽绝收，瘟君相伴至，灾笼苍穹饿殍旷野怨。三皇五帝上溯，鲧禹堵疏纷纷传说；春秋战国以降，治河驭水凿凿史鉴。

郑国筑渠，汉武瓠子堵决；张戎刷沙，上中下三策贾让；开元铁牛镇河展大唐雄风，漕运舟楫穿梭念后周世宗之倡。欧阳修疏，司马光奏，王安石挺，神宗颀断，赵宋王朝论河，一时多少君臣相，谁预见后世几番淤汴梁。完颜雍督河三旨，郭守敬海拔首创，贾鲁公修堤白茅，康熙帝六次巡访，金元明清行治，四朝志士皇上，无奈何道光年间滔天浪。至民国人患，蒋军炸决花园口，曰阻日铁蹄，另类悲壮；豫皖苏域成汪洋，人或为鱼鳖，茫茫黄泛绵绵祸殃。

俱往矣，看开国新篇。主席视察嘱托，总理躬行决断，中央代代心系黄河间。退耕还林草，宽河固堤岸，调水调沙，下排上拦。三门峡改造三思利弊，小浪底设防一遇千年。好儿女年年治黄，母亲河岁岁安澜。绸缪永续，长龙无处不画卷。

扎陵湖鄂陵湖，清清眸子仰望牛头圣碑。龙羊峡青铜峡，熠熠明珠倒映上游河山。富宁蒙河套，江南现身塞北。穿晋陕峡谷，神工造化人间。惊看壶口，瀑布坠天，千堆雪卷，掘十里龙槽，浩然大气吞河山。孟门巨石分水合水，半月赏月玉兔广寒。磅礴龙门，上乃大河汹汹，下则顿失滔滔；弱水激流，鲤鱼万跳难；化龙谁见，佳话但凭口传。风陵渡撞华山秦岭，八千里云月终向东，称雄九曲十八弯。浩浩荡荡，凌砥柱而激扬；浩浩渺渺，挤艾山而彪悍。束水屏障，两岸大堤巍巍；绵延东营，一望湿地漫漫；葱茏芦蒲，百鸟竞唱蓝天。

唱诗仙《将进酒》《赠裴十四》，吟之涣《凉州词》《登鹳雀楼》。更上一层，穷千里目，大河人文尽收。阅仰韶殷墟沣镐文化，谒秦汉唐陵太史公墓；拜塔尔寺法门寺白马寺岱庙，观麦积山清凉山龙门石窟；赏贺兰山阴山岩画清明上河，闻光未然风吼马叫船夫号子黄河怒。华夏精气神，一脉贯注。

噫吁戏黄河，卧伏之昆仑，奔涌之长城。嗟夫母亲河，养我中华体魄，育我民族魂灵。清澈纯真信诚，雄浑多元包容。逝者如斯，岂非人生？激飞越者敌手，助畅行者人朋。自信天生我材，敬畏规律神圣。百折不回，不管狭阔夷险；一往无前，无论逆顺毁捧。舍此其行不远，持之方可大成。难得最是，不舍昼夜，奔大海，融世界，献人寰，循大道行，为天下公。

（本文来源于网络）

【作者简介】解国记，1978年至1981年在郑州大学中文系读书。1982年分配到新华社河南分社从事采编工作。1997年11月至1999年11月，任新华社黑龙江分社副社长、党组副书记，社长、党组副书记。1999年12月至2014年5月，任《新华每日电讯》总编辑、党组书记。（据网络整理）

黄河赋

谨以此文献给人民治黄七十周年

梁富正

乾坤初开，恒乎久远；渺渺远古，煌煌神州。日月轩轾，移转宇宙。伏羲拓先民之智，女娲乳大地之泽。续育华夏魂灵，岁岁安澜六合。

嗟乎！河出图，洛出书。沸沸泱泱，九省磅礴。扎陵鄂陵并源，巴颜喀拉繁衍。纳千流百川，润万顷沃田。山涌涓涓雪泉，地吐淙淙清溪。天地所酿，倾囊转注，湟水迤东南之宽，傍拉鸡山而折，翩翩若催波凝浪，折折似青丝相系。银月相缀，水舞草茂，连千里河西走廊。带襟鄂陵湖之威，湍湍扬扬，转转弯弯，涛浪翻跃，咆哮扬长。越青陇峻峡，润塞上江南；灌五色厚土，滋兆亿生灵。填沧海激流，泽炎黄蒸蒸生民。

辟遐荒、削郊郭。神工秦蜀，膏腴八百关中；天斧仙琢，润养天府之国。渭水汤汤，华山巍巍。奇险凝聚于龙门，堆千涛至壶口，旷代雄伟。千折百转，逶迤游蛇。依托克托入晋，控关斩扼。拥峰峦交错之势，呈万谷丘壑之形。险恶相叠，高崖纵横，南折北转，波流万径。九曲回肠，汹汹滔滔。倾波激荡，浩浩渺渺。

潼关绝，禹门奇。流沙腾五福紫气，蒸沃崇冈。汾水福千里疆壤，茂生稻粱。花园口前，湿地漫漫，清泉涓涓；桃花峪中，悠闲黄花，堤畔翩翩；入海口处，鹦鹉芳洲，惊羡人间。风物宜长，锦绣如斯。渔歌唱晚，落霞成岚。千船泊渡，纤夫挽杆。大漠孤烟，奏驼铃呜呜。长河落日，展鸿雁飞凌。伊洛之地，物华天宝。沁汶河滨，菜蔓青草。穿三晋、傍太行、滋中原、润齐鲁，万里长虹。源青川、经塞上、折高原、啸山岙，万古无穷。滚滚黄沙，涤尽尘埃。福祸所倚，春秋徘徊。三载两败决，祸及禾稼，洪吞八方，瘟疫毒荼。百年一更道，赤地千里，鸡鸣嘶绝，饿殍尸浮。

于是乎！鲧堵禹疏，苍生茂昌。郑国开筑，三辅亘广。张仲功刷沙，王仲通壖流法。贾让三策定固若金汤。姜师度修渠充丘壑低洼。刘晏断河，变直运，更段运，仰李唐财富万计。万恭合沙，弃穿漕，杀水势，致江淮河深不溢。贾友桓筑堤，疏塞决口，复江波生辉。潘季驯匝紧河道，束水冲沙，定数代金规。郭守敬浚渠，通南北漕运。朱之锡修道，汇三河精魂。靳辅垒坝，分洪泄渠。陈潢引河，源流并举。李仪祉肇创黄委，三流并重，灌、放、垦、航、电共创。王化云首倡水调，两水同济，宽、固、蓄、拦、排如常。

治黄七十载，功勋青册。挥手十八弯，清波万舸。伟载！临流而叹：逝者如斯夫，万古同一。华山烟云，渭水青岚，雁门朔风，引多少英雄？魏武挥鞭，太宗治平；祖逖击楫，宗泽呼河，皆入心胸。凝民族精魂，挺炎黄脊梁，聚众志之力，续万世之功。天行健，以慷慨之气循承先贤之策，拳拳之心安澜黄河，佐佑天下大同。

注　释

乾坤：代表天地、阴阳。《周易·说卦》："乾为天，坤为地。"

渺渺：形容悠远、久远。《管子·内业》："折折乎如在于侧，忽忽乎如将不得，渺渺乎如穷无极。"

煌煌：显耀，盛美。《汉书·扬雄传》："明哲煌煌，旁烛之疆；逊于不虞，以保天命。"

轩轾：高低、轻重之间。

伏羲：又称太昊。伏羲是三皇之首，百王之先。诞生于黄河流域，中华民族敬仰的人文始祖。

女娲：又称女娲氏，娲皇，诞生于黄河流域。中国传说中的上古氏族首领，福佑社稷之正神。

六合：上下和东西南北四方，即天地四方，泛指天下。

泱泱：指水流的声音很大；形容深远广大的样子。语出《诗·小雅·瞻彼洛矣》："瞻彼洛矣，维水泱泱。"

淙淙：流水发出的轻柔的声音。

湟水：黄河上游重要支流，位于中国青海省东部，发源于青海省海晏县境内的包呼图山。

迤：曲折连绵。

拉鸡山：位于湟水和黄河干流之间，在青海省海南州贵德县境内，最高峰海拔 4524 米。翻译成汉语是"鹰飞不过去的地方"。

湍湍：急流。

峻峡：指青铜峡和刘家峡。位于黄河上游，分别隶属宁夏吴忠市和甘肃临夏永靖县。河水穿过千岩壁立的深邃峡谷，水势有如万马奔腾，景色壮观。

五色厚土：土地有五色，黄、红、青、白、黑，指丰腴的土地。

亿兆：指庶民百姓。《尚书·泰誓中》："受有亿兆夷人，离心离德。"

蒸蒸：兴盛、众多的样子。

遐荒：边远荒僻之地。汉代韦孟《讽谏》诗："彤弓斯征，抚宁遐荒。"

汤汤：水势浩大、水流很急的样子。

巍巍：指高大壮观，崇高伟大。

五福：指长寿、富贵、康宁、好德、善终。

紫气：吉祥的征兆。

崇冈：高大的山冈。

漫漫：遍布，遍及。

芳洲：芳草丛生的小洲。

岚：山间的雾气。

荑蔓：比喻如女子柔美手指一般的野草。

荼毒：比喻毒害、残害。

郑国：战国时期韩国卓越的水利专家，出生于韩国都城新郑（现在河南省新郑市）。修筑"郑国渠"，使关中一跃成为当时全国最富庶的地区。

三辅：又称"三秦"，指汉武帝至东汉末年长安京畿地区的三个区域。

张仲功：张戎，字仲功，西汉末长安人，曾任大司马长史。针对"河水重浊，号为一石水而六斗泥"观点，提出以水刷沙的主张，治水有功。

王景：字仲通。东汉时期著名的水利工程专家。永平十二年（公元 69 年）议修黄河，王景治理后的黄河，经历 800 多年没有发生大改道。

贾让：中国西汉时期治理黄河的杰出人物。因提出治理黄河的上、中、下三策而著名，见《汉书·河渠志》。

姜师度：唐代杰出的治河专家。"傍海穿漕"，修平虏渠，避开了海运艰险，使中原腹地的粮运得以畅通无阻。《旧唐书·五十三卷》称赞："师度勤于为政，又有巧思，颇知沟洫之利。"

刘晏：字士安，今山东东明县人。唐代著名的经济改革家。治水名臣，改革漕运，将江淮的粮食运至长安，解决南粮北调问题。

万恭：字肃卿，江西南昌县人，明代水利专家。认为黄河的根本问题在于泥沙，治理多沙的黄河，不宜分流。

贾鲁：字友恒，元代水利专家，今山西高平人。贾鲁亲自率人修筑黄河，多次领导治理黄河，拯救民众于洪水之中。今河南境内的"贾鲁河"全长255.8公里，是后人纪念其功绩，将原汴河改为今名。

潘季驯：字时良，明朝治理黄河的水利专家，世界水利泰斗。曾四次主持治理黄河和运河，前后持续27年。全面总结了中国历史上治河实践中的丰富经验，发明"束水冲沙法"，为后世治水所沿用。

郭守敬：字若思，元朝著名水利专家。在西夏治水，修理通惠河。

朱之锡：字孟九，为清初治河名臣，对黄河河堤的修筑有很大贡献。

靳辅：字紫垣，辽阳人，清代治水名臣，对黄河、淮河、运河的治理都有重大成就。

陈潢：靳辅的得力助手，清朝治河名臣。著有《河防述言》《河防摘要》。

李仪祉（1882年—1938年）：陕西省蒲城县人，著名水利学家和教育家。他主张治理黄河要上、中、下游并重，防洪、航运、灌溉和水电兼顾。1933年，李仪祉奉命筹设黄河水利委员会，并出任第一任委员长，是中国近代科学治理黄河的先驱。

王化云（1908 年—1992 年）：中国现代水利事业专家，河北省邯郸市馆陶县人。1949 年 6 月至 1982 年 5 月任水利部黄河水利委员会主任。1979 年至 1982 年任水利部副部长。毕生致力于治理黄河工作。先后提出了"除害兴利、综合利用""宽河固堤""蓄水拦沙""上拦下排"等治黄措施。专著《我的治河实践》，1989 年 2 月河南科学技术出版社出版。

（本文及注释来源于网络）

黄河赋

王国钦

　　黄河者，生命河、母亲河也。祖源于青藏巴颜喀拉，摇篮兮悠悠夏商周汉，蛇行之北国九大省区，滋养乎泱泱民族心灵。卡日曲至河口镇，水清流缓曰上游也；河口镇达桃花峪，浪险风高乃中游也；桃花峪之入海口，潮涌沙淤为下游也。其水草丰美、鲤跃龙门、问鼎中原、带砺山河者，魂牵梦绕于赤县神州也。如"大漠孤烟直，长河落日圆""欲穷千里目，更上一层楼"等高吟绝唱，直令人激情满怀、口齿生香也！河伯慨然叹曰：蜿蜒九曲，"长风破浪会有时"，咆哮洪涛甘当使命；邃美千秋，"直挂云帆济沧海"，激越壮行不改初心。

　　黄河者，文明河、恩泽河也。位列"四渎"之宗，萌毓"四大发明"，尊崇"五岳"有三，猛决"五帝"豪雄，遒举"一脉"鸿纲，儒道佛皆蒙河水浸养也。经流之处，已仰望星空灿烂；包孕善美，更校勘文化辉煌。如两岸之至圣、亚圣、武圣、史圣、诗圣、文圣、药圣者，无一非黄河之子也。清且涟漪忆河水，犹闻伐檀声坎坎；一苇杭之跂予望，任他浊浪自滔滔。三过家门而不入，导洪理水，大禹功德惠天下；一石水则六斗泥，以水冲沙，张戎治河益古今。夫疏之以通、凿之以直、浚之以深、塞之以决者，乃尚书贾鲁之不世之功也。瓠子歌，黄河颂，风吼马叫高粱熟；船夫曲，黄水谣，艄公号子稻花香。将红军番改八路军，抗日旌旗指前线；挽民族狂澜于既倒，雄师东渡过黄河。"炎黄子孙皆姓黄，黄土黄河恩泽长"，夫黄河乃中华文明、文化之主要发祥、重要支撑、坚定自信也。

黄河者，德水河、根魂河也。"黄河之水天上来"，天水皇称德水；"奔流到海不复回"，根魂韵合国魂。龙马献河图于伏羲，依此演成八卦；神龟奉洛书于大禹，天下域分九州。都邑遗址三重壕，斗星拟九；河洛古国新发现，槐树称双。缩龙储宝，万件藏品陈列黄河博物馆；问祖寻根，八方赤子情归祭龙嘉应观。倔强疏狂，长风起为浩荡惊涛推波助澜；凝魂聚力，大中华乃四海侨胞梦圆之乡。"须晴日，看红装素裹，分外妖娆。"君不见，"浪涌风高云万里，月圆心阔画千秋。歌吟爱系江山梦，守望魂倾德水楼"。诗云"君言九曲如龙舞，我引黄河心上流"者，即此之谓也。

黄河者，生态河、桀骜河也。潺湲于群山峡谷之间，支流密布交织成网；澎湃于草原丘陵之中，湖泊联珠星罗棋布；汹涌于沙漠平原之上，天高云阔气象万千。夫峻秀如三峡、富庶如河套、瀑布如壶口者，自然之壮美景观也；其仙若天鹅城、丽若雁鸣湖、美若三角洲者，陶然之鸟类天堂也。然"三年两决口，百年一改道"者，怆怆之血泪历史也。昔日豫东之内涝水、风沙天、盐碱地，为改道黄河之天灾；历代战争之秦始皇、李自成、蒋介石，乃以水代兵之人祸。水患频淹，使开封地下城城摞；清明上河，见古汴就中代代新。其桀骜不驯之本性，亦哺育出勇往直前、绝不回头之刚烈中华。"雄流九曲归何处？总入中华梦里来。"呜呼，福亦黄河、怨亦黄河，何当弥祸增福、化难为福，则万民千年之祈愿也。

黄河者，世界河、中原河也。长为全球之五、灾为寰宇之冠、含沙万河第一，文明、文化绵延不绝乃世界唯一也。攸关黄河命脉，中原是为核心之地。古都八居其五，尽占天时地利之要。农耕节气二十四，亦渊源于天地之中也。大河村遗址，仰韶、龙山、夏商周文化之序列精华也。"得中原者得天下。""治天下者治黄河。""懂黄河者懂中华。"毛泽东朗声告曰："要把黄河的事情办好！"雄豪之音回荡于北邙之巅。兰考意深，由救灾到治灾，治理"三害"标升新高度；牧野情长，从个体到群体，富裕百姓昂然耸太行。获鲁班大奖，堤防工程标准化；收险段之效，逼束顽症豆腐腰。其下游之地上河，已数十年安然无恙矣！

黄河者，青春河、幸福河也。新中国成立以来，旧黄河已幡然重生矣。"展我治黄万里图""为你重整梳妆台"，砥柱中流三门峡也；"洛神惊兮河图新""河伯慕兮沧海光"，霞蔚云蒸小浪底也。玉门关外，声声羌笛春风度；塞上望中，处处江南阡陌新。植林种草，蓄洪分流，手携黄河长江浪；拦沙清淤，修堤筑坝，水调南阳到北京。人民治黄，科学治黄，让安澜福佑开泰水；绿色发展，长远发展，全流域生机勃发焉。海晏河清不是梦，大河之南是我家，宏图壮丽看东方。

黄河者，故事河、心灵河也。"关关雎鸠，在河之洲。"古黄河沧桑迄今，好故事已重新开讲。蠲税豪歌，歌云水千家帆影；脱贫壮举，举凤阳万道霞光。维己亥仲秋，领袖颁发兮宏论，云锦天章图欲就；于德水河畔，群英汇聚之郑州，惊涛骇浪总向前。赏花儿悠旷，听秦腔高亢，品豫剧抑扬。噫吁嚱！"淘尽浪沙涤尽污，滔滔上下排空呼。务使清流滚滚去，信有毛公道不孤。"工部云："露从今夜白，月是故乡明。"龙子曰："老家在河南，心魄起中原。"当此际，吾敬告芸芸苍生："黄河者，新时代之大河也。"

2019 年 12 月 25 日　初稿于中州知时斋

2020 年 12 月 8 日　42 稿于中州知时斋

注　释

巴颜喀拉：即巴颜喀拉山，位于青海省的中南部。蒙语为"富饶青色的山"，是长江与黄河源流区的分水岭；北麓的约古宗列曲，即黄河源头之所在。

夏商周汉：代指中国的悠久历史。

九大省区：按照顺序，黄河从西向东先后流经青海、四川、甘肃、宁夏、内蒙古、陕西、山西、河南、山东，一共为九个省区。

鲤跃龙门：龙门在山西省河津市西北黄河峡谷。古代传说，黄河鲤鱼跳过龙门就会化而成龙。这里就是传说中的"鲤鱼跳龙门"之所。

带砺山河：典出司马迁《史记·高祖功臣侯者年表》："封爵之誓曰：'使河如带，泰山若厉（砺），国以永宁，爰及苗裔。'"

赤县神州：典出《史记·孟子荀卿列传》："中国名曰赤县神州。赤县神州内自有九州。"

大漠孤烟直，长河落日圆：咏黄名句，出自著名诗人王维《使至塞上》："单车欲问边，属国过居延。征蓬出汉塞，归雁入胡天。大漠孤烟直，长河落日圆。萧关逢侯骑，都护在燕然。"

欲穷千里目，更上一层楼：咏黄名句，出自著名诗人王之涣《登鹳雀楼》："白日依山尽，黄河入海流。欲穷千里目，更上一层楼。"

河伯：中国古代神话中的黄河水神，又称"冯夷""冰夷"。

长风破浪会有时，直挂云帆济沧海：咏黄名句，出自著名诗人李白《行路难》："金樽清酒斗十千，玉盘珍羞直万钱。停杯投箸不能食，拔剑四顾心茫然。欲渡黄河冰塞川，将登太行雪满山。闲来垂钓碧溪上，忽复乘舟梦日边。行路难！行路难！多歧路，今安在？长风破浪会有时，直挂云帆济沧海。"

四渎：中国最为著名的长江、淮河、黄河、济水。《汉书·沟洫志》云："中国川源以百数，莫著于四渎，而河为宗。"

四大发明：黄帝时期的指南车（针）、东汉蔡伦的造纸术、隋朝的火药、北宋毕昇的活字印刷。

五岳：东岳泰山、西岳华山、南岳衡山、北岳恒山、中岳嵩山。其中的泰岳、华岳、嵩岳，都在黄河流经的区域。

五帝："三皇五帝"中的黄帝、颛顼、帝喾、尧、舜。

一脉：这里指中华民族的一条文化之脉。如位于甘肃省河西走廊最西端的敦煌，就是古老的历史文化名城、飞天艺术的故乡、佛教艺术的殿堂，为"丝绸之路"西出玉门关和阳关的主要门户，被誉为"世界的敦煌""人类的敦煌"。莫高窟位于敦煌城东南25公里，是世界上现存规模最宏大、历史最长久、内容最丰富、保存最完好的佛教石窟艺术宝库。关中地区典型的半坡文化，属于整个亚洲重要的人类起源和史前文化中心之一。秦始皇统一天下之后，其"书同文、车同轨、度同制、行同伦、地同域"的政治理念及举措，为华夏民族形成长期的统一意识，产生了重要的先导作用。黄河中游潼关至郑州段南岸地区的河洛文化，在中国古代就雄踞于中原，为"天下之中"，即所谓的"中国"（西周何尊铭文）之地。象征着中华文明之始的河图与洛书，就出现在河洛地区。介于龙山文化和二里岗文化之间的二里头文化，主要集中分布于豫西、豫中，北至晋中，西至西安 、商州地区，南至湖北北部，东至开封、兰考一带。2020 年 5 月 7 日，河南巩义"双槐树古国时代都邑遗址"考古重大发现发布会在郑州召开，经多方机构和多位知名考古学家实地考察和研讨论证，认定"双槐树遗址"为 5300 年前后古国时代的一处都邑遗址，其中的"三重大型环壕""最早瓮城结构围墙""九个陶罐模拟的北斗九星天文遗迹"等，为黄河流域重大文化考古发现。因其位于河洛中心区域，建议命名为"河洛古国"。在黄河流域中下游地区，影响最大的原始农业文明——仰韶文明，是华夏民族在新石器时代的主要文明代表。山东省济南市历城县龙山镇的龙山文明，泛指黄河中、下游地区新石器时代晚期的一类文化遗存。黄河下游地区的大汶口新石器文明，主要分布在山东省及江苏省淮北地区，既为龙山文明找到了渊源，也为研究黄淮流域及山东、江浙沿海地区的原始文明提供了重要线索。齐文化和鲁文化各具特色，两种文化在发展中逐渐有机地融合在一起，形成了具有丰富历史内涵的齐鲁文化。

儒道佛：儒家学说的创立者孔子，祖籍河南夏邑，出生于山东曲阜（原鲁国陬邑）；道家学说的创立者老子，在黄河最早的雄关函谷关上撰述《道德经》；佛教传入中国后兴建的第一座官寺——白马寺，即在黄河南岸的洛阳。北魏孝文帝创建的小乘佛教少林寺，就在与当时都城洛阳相望的嵩山北麓。

校勘：本义是搜集某书的不同版本，综合有关资料进行互相比较、核对甄别，别其同异，定其正误。这里指对传统文化之精华与糟粕进行辨别及删存。

至圣、亚圣、武圣、史圣、诗圣、文圣、药圣：分别为孔子、孟子、关羽、司马迁、杜甫、韩愈、孙思邈，均出生和主要活动在黄河流经的区域。

清且涟漪忆河水：意出《诗经·魏风·伐檀》："坎坎伐檀兮，置之河之干兮，河水清且涟猗。不稼不穑，胡取禾三百廛兮？不狩不猎，胡瞻尔庭有县貆兮？彼君子兮，不素餐兮！坎坎伐辐兮，置之河之侧兮，河水清且直猗。不稼不穑，胡取禾三百亿兮？不狩不猎，胡瞻尔庭有县特兮？彼君子兮，不素食兮！坎坎伐轮兮，置之河之漘兮，河水清且沦猗。不稼不穑，胡取禾三百囷兮？不狩不猎，胡瞻尔庭有县鹑兮？彼君子兮，不素飧兮！"

一苇杭之跂予望：句出诗经《诗经·卫风·河广》："谁谓河广？一苇杭之。谁谓宋远？跂予望之。谁谓河广？曾不容刀。谁谓宋远？曾不崇朝。"杭，通"航"。

三过家门而不入：典出《史记·夏本纪》："禹伤先人父鲧功之不成受诛，乃劳身焦思，居外十三年，过家门不敢入。薄衣食，致孝于鬼神。"大禹面对滔滔洪水，从其父亲鲧的治水失败中汲取教训，变"堵"为"疏"，体现出率领民众战胜灾害及困难的聪明才智。为彻底治理洪水，他置个人利益于不顾，长年在外与民众一起奋战。经 13 年心血与体力的付出，终于完成了治水大业。

一石水则六斗泥：西汉人张戎，在公元 4 年王莽征询治河之策之际，以"河水重浊，号为一石水六斗泥"对之，主张从水性就下之理，以水攻沙，稳定行洪河道——实乃前无古人之创见。

尚书贾鲁：贾鲁，元代著名的河防大臣。公元 1351 年，贾鲁被任命为工部尚书、总治河防使。他辗转千里亲自考察，借鉴前人经验，采取凿、疏、浚、塞并举的治河方略，凿之以通，疏之以直，浚之以深，塞之以决。尤其是黄陵岗截流工程的大功告成，已成为千年治黄史上的一大成功范例。

瓠子歌：汉武帝刘彻亲临黄河决口现场的即兴诗作。

黄河颂：光未然作词、冼星海作曲《黄河大合唱》之第二乐章。

风吼马叫高粱熟：意出光未然经典作品《保卫黄河》："风在吼，马在叫，黄河在咆哮……河西山冈万丈高，河东河北高粱熟了……保卫家乡，保卫黄河，保卫华北，保卫全中国。"

船夫曲：陕北民歌《黄河船夫曲》，20 世纪 40 年代由延安鲁艺师生采录，系黄河老船夫李思敏自作。这首民歌以其质朴的语言、粗犷的声调、高亢浪漫的激情，唱出了陕北人民对于黄河的热爱和作者自己的自豪。《黄河大合唱》

第一乐章，以混声合唱形式采用了这首民歌的音调素材。

黄水谣：为光未然冼星海经典作品《黄河大合唱》中可以独立存在的混声合唱或女中音独唱歌曲，是一首久唱不衰的声乐作品。

艄公号子稻花香：意出电影《上甘岭》主题曲《我的祖国》："一条大河波浪宽，风吹稻花香两岸。我家就在岸上住，听惯了艄公的号子，看惯了船上的白帆。"

将红军番改八路军：1937年7月9日，中共中央致电中国国民政府，表示红军"愿即改名为国民革命军，并请授命为抗日前驱，与日寇决一死战"。8月22日，蒋介石政府承认中国共产党的合法地位，正式宣布红军主力改编为国民革命军第八路军（简称八路军）。8月22日至25日，中共中央在洛川召开政治局扩大会议，史称"洛川会议"。会议通过了《抗日救国十大纲领》，提出了争取抗战胜利的全面抗战路线。

炎黄子孙皆姓黄，黄土黄河恩泽长：句出笔者古风《中华黄河坛之歌》："龙舞大河总朝东，自古而今画图雄；浩浩汤汤奔大海，川原峡谷沟渎通。九省狂澜行九曲，长风破浪云帆举；万里犹系故园心，摇篮哺养好儿女。峰回水绕走贺兰，黄河金岸筑高坛；首铸青铜千秋迹，感恩懿范梦魂牵。敬天法地望正门，气象恢宏未曾闻；青白玄朱应四象，日月龙凤喜迎君。铜塑诗碑选名家，照壁浮雕涵精华；九孔三桥拱玉带，地馈天赐惠桑麻。二十四节图腾柱，农耕文明风雨路；赋税更替演历朝，十八农策铭石鼓。河图洛书数理求，礼恩更上德水楼；甲子轮回春秋序，竹简文脉典籍留。天圆地方五行列，钟鼎图纹饰饕餮；云雷牛首寓意丰，深情打成中国结。同祖同源谢母恩，日暑指向赤子根；五千时空穿越过，天上之水萦在心。噫吁嚱，淘尽浪沙涤尽污，滔滔上下排空呼；务使清流滚滚去，信有毛公道不孤。君不见，金岸同心奥如兰，诗词联赋起新篇。韵里江南移塞外，长虹壮丽白云边。君不见，串串明珠亮宁夏，晴川水碧河如画。声声羌笛度春风，放歌一曲不能罢。君不见，炎黄子孙皆姓黄，黄土黄河恩泽长。宁夏同书华夏史，百族沐手争献三炷香!"

德水：典出《史记·秦始皇本纪》："始皇推终始五德之传，以为周得火德，秦代周德，从所不胜。方今水德之始……更名河曰德水，以为水德之始。"在佛教来说，"德水"即功德水。

根魂：2019年9月18日上午，中共中央总书记、国家主席、中央军委主席习近平，在郑州主持召开的黄河流域生态保护和高质量发展座谈会上强调："黄河文化是中华文明的重要组成部分，是中华民族的根和魂。"

黄河之水天上来，奔流到海不复回：咏黄名句，出自著名诗人李白《将进酒》："君不见，黄河之水天上来，奔流到海不复回。君不见，高堂明镜悲白发，朝如青丝暮成雪。人生得意须尽欢，莫使金樽空对月。天生我材必有用，千金散尽还复来。烹羊宰牛且为乐，会须一饮三百杯。岑夫子，丹丘生，将进酒，杯莫停。与君歌一曲，请君为我倾耳听。钟鼓馔玉不足贵，但愿长醉不复醒。古来圣贤皆寂寞，惟有饮者留其名。陈王昔时宴平乐，斗酒十千恣欢谑。主人何为言少钱，径须沽取对君酌。五花马，千金裘，呼儿将出换美酒，与尔同销万古愁。"河南著名文学刊物《奔流》，即取名于李白这一诗句。

龙马献河图于伏羲：传说龙马负河图出于孟河之中，伏羲据此演成八卦。

神龟奉洛书于大禹：传说曾有神龟在黄河主要支流洛水负书而出，故称洛书。大禹据此治水成功，并分天下为九州。

缩龙储宝：黄河博物馆前身成立于1954年，是以黄河为专题的自然科技博物馆，被誉称为"黄河巨龙的缩影"。该馆通过图片、录像、图表、工程模型、实物标本等，以声光电等各种形式向观众展示和介绍：（1）自然黄河的地理、地貌、气候等全流域概况；（2）由人类活动所产生的各种黄河文化；（3）各种自然灾害、河患治理、水资源开发利用；（4）千年治黄历史，人民治黄成就，远景治黄规划；（5）了解黄河历史而必备的各种真实、可靠资料等。

祭龙嘉应观：雍正元年，雍正皇帝为治理黄河水患、御祭龙王而特意下诏建造的行宫式庙观，是我国历史上唯一承载治黄历史的庙观，也是河南省保存最完好、规模最宏大的清代建筑群。因其文化内涵丰富，已成为黄河文化的主要代表之一。历史上的大禹、王景、贾让、谢绪、贾鲁、林则徐等治黄英雄，均被雕塑成真人大小蜡像，分别安置在禹王阁、中大殿和东西大殿内享受祭祀、供人们瞻仰。新中国成立之后，首任水利部部长傅作义、黄委会主任王化云及苏联专家的治黄指挥部，曾设在嘉应观内。

须晴日，看红装素裹，分外妖娆：句出毛泽东《沁园春·雪》："北国风光，千里冰封，万里雪飘。望长城内外，惟余莽莽；大河上下，顿失滔滔。山舞银蛇，原驰蜡象，欲与天公试比高。须晴日，看红装素裹，分外妖娆。江山如此多娇，引无数英雄竞折腰。惜秦皇汉武，略输文采；唐宗宋祖，稍逊风骚。一代天骄，成吉思汗，只识弯弓射大雕。俱往矣，数风流人物，还看今朝。"

浪涌风高云万里……守望魂倾德水楼：句出笔者七律《庚寅冬日登德水楼》："仰观嵩岳天中立，俯送黄河槛外流。浪涌风高云万里，月圆心阔画千秋。歌吟爱系江山梦，守望魂倾德水楼。拭目百川归大海，引吭一路弄扁舟。"德水楼，并非实际存在的一座楼宇，而是笔者在自己诗词作品中所创造的一个艺术意象。

君言九曲如龙舞，我引黄河心上流：句出笔者作品《中华黄鹤楼即兴》："疑是平川起蜃楼，风光两岸望中收。君言九曲如龙舞，我引黄河心上流。"

三峡：即黄河三峡，居于甘肃省永靖县，由炳灵峡、刘家峡、盐锅峡组成。两岸峡谷景观各具风采，壁立千仞，景象万千。其中刘家峡水电站，是中国第一座自行设计、施工、建造的大型水电站；炳灵寺已有1600多年历史，其石雕像、浮雕佛塔和密宗壁画艺术，与莫高窟和麦积山石窟并称甘肃三大石窟。黄河三峡属于黄河上游，水质清澈优良，历来属于黄河上的"另类"风情，是真正的高峡出平湖。现在是甘肃省十大热点景区之一、丝路游必经之地。

河套：指内蒙古和宁夏境内贺兰山以东、狼山和大青山以南黄河流经地区。因黄河在此形成一个大弯如套，故名。民谚云："黄河百害，唯富一套。"

壶口：壶口瀑布位于秦晋大峡谷南段，现为国家级风景名胜区。

天鹅城：分别指河南三门峡市、山东东营市。每年都有大批天鹅飞临两地过冬，以至各自形成非常美丽的特殊景观。

雁鸣湖：指河南省郑州市中牟县的雁鸣湖。位于古都郑州与古都开封之间，北涉黄河古渡，湖区面积4000亩。湖中水草丰美，蒲芦丛生，烟波浩渺，翠堤环绕，既有黄河鲤鱼、大闸蟹及多种野生水产品，又有白鹭、大雁、天鹅、水鸭、野鸳鸯等珍稀鸟类。

三角洲：即黄河三角洲。这里是因河水携带大量泥沙在渤海凹陷处沉积形成的冲积平原，现在是以保护河口湿地生态系统和珍稀、濒危鸟类为主的湿地类型保护区。

三年两决口，百年一改道：黄河以"善淤、善决、善徙"而著称，向有"三年两决口，百年一改道"之说。据统计，在1946年以前几千年中，有文献记载的黄河决口泛滥即达1593次，较大改道26次。

历代战争：秦始皇二十二年（前225年），秦军大将王贲率30万大军攻打魏国，引黄河之水灌淹魏国都城大梁（今河南开封），魏国遂灭。崇祯十四年（1641年），李自成率农民起义军三攻开封，于当年九月十五日在黄河掘堤淹城，引发洪水成灾，死者甚众。1938年6月，蒋介石政府为阻止侵华日军西进，企图"以水代兵"，炸开位于郑州市区北郊黄河南岸的花园口渡口，人为造成黄河决堤改道。泛滥的河水流经豫、皖、苏3省44个县30多万平方公里，以至形成长达400余公里的黄泛区——在中国抗战史上；这一事件与长沙文夕大火、重庆防空洞惨案，并称为"三大惨案"。

城城摞：公元前364年，战国时期魏惠王迁都并兴建了著名的大梁城。此后 2200 多年间，历代统治者先后在此建造了唐汴州城、北宋东京、金汴京城、明开封城和清开封城。其中，北宋在开封建都长达 168 年。1981 年，在开封龙亭湖底清淤过程中，规模宏大的明代周王府遗址突然浮现，大规模的宋城考古从此拉开帷幕。由此，撩开了传说中开封城下"城摞城"的神秘面纱。除此之外，还发现了"墙摞墙""路摞路""门摞门""马道摞马道"的奇特现象。层层叠加起来的数座开封城，甚至连南北中轴线都没有丝毫变动。

清明上河：《清明上河图》是中国十大传世名画之一，为北宋画家张择端仅见的存世精品，现藏于北京故宫博物院。这一幅国宝级文物，在五米多长的画卷里，绘制了数量庞大的各色人物，牛、骡、驴等牲畜，车、轿、大小船只，房屋、桥梁、城楼等具有宋代特色的大量建筑，具有很高的历史价值和艺术价值。

就中：即其中。

雄流九曲归何处？总入中华梦里来：句出笔者作品《宁夏黄河金岸吟》："塞上风光信手裁，珠明金岸画图开。雄流九曲归何处？总入中华梦里来。"

长为全球之五：黄河全长 5464 公里，在世界十大河流之中排第五。

灾为寰宇之冠：黄河包括泥沙、洪水、淤积、滑坡、凌汛、堤坝决口、河道迁徙、河槽萎缩、土壤流失等十多种综合性灾害。其灾害种类、数量之多，高居全球之冠。

含沙万河第一：黄河流经青海、四川、河南、山东等九个省份之后，呈大"几"字形注入渤海。由于中段流经黄土高原，给中、下游带来大量泥沙，使河水变成了黄色，因而得名黄河。

文明、文化绵延不绝乃世界唯一：四大文明古国的主要发祥地，分别为尼罗河流域的古埃及，底格里斯河、幼发拉底河流域的古巴比伦，印度河流域的古印度，黄河流域的古中国。其中的古埃及、古巴比伦、古印度，都因为外族入侵被迫先后中断了古代文明。而中国，即便也曾被外族入侵，但其文明却没有因此而中断。所以，中国是四大文明古国中因黄河文化而从未中断的唯一文明古国。

中原是为核心之地：由于中原地处黄河中下游，所以治黄任务尤其艰巨。1946 年 2 月，由解放区晋冀鲁豫边区政府组建成立的冀鲁豫区黄河水利委员会，由王化云出任主任。新中国成立之后，黄河水利委员会改为水利部直属，作为事业单位设在郑州市。黄委会先后下设山东河务局，河南河务局，三门峡水利枢纽工程局、规划设计院，黄河上中游治理局，水利科学研究院和引黄灌溉试验站等单位。至今，黄委会已经发展成为在职职工近 4 万人、所属机构遍布黄河流域九省区的大型治河机构。七十年来，治黄成就斐然。

古都八居其五：中国八大古都为西安、洛阳、北京、南京、开封、安阳、杭州、郑州。其中西安、洛阳、开封、安阳、郑州五大古都，均在黄河流经区域。

农耕节气二十四：意出笔者作品《告成赋》："观天象持续千秋，从日食到月食，日月经天，测景台首创历法验证之本；定时令绵延万里，从气候到物候，双候行地，天之中曰二十四节气之源。"

要把黄河的事情办好：新中国成立之后，时任中央人民政府主席的毛泽东，首次出京视察就选择了视察黄河，而且先后三次视察了河南境内的黄河。1952 年 10 月 31 日上午，毛泽东在黄河水利委员会主任王化云、中共河南省委书记张玺等人的陪同下，健步来到郑州北邙山的小顶山上。眺望着奔腾不息的黄河，毛泽东神情凝重地对陪同人员说："黄河是养育中华民族的摇篮……现在到了我们手里，一定要驯服它……你们要把黄河的事情办好，不然我是睡不着觉的。"

由救灾到治灾：面对黄河灾害，历史上从来都是以"救灾"的形式在灾害发生之后对当地群众进行被动救助；而焦裕禄书记所采取的"治灾"，则是在灾害未发生时就进行针对性的主动治理，以避免灾害的发生。

"三害"：指内涝、风沙、盐碱，主要以兰考等豫东各县区为重灾区。

从个体到群体：从新中国成立之后的史来贺开始，在新乡（古称牧野）

大地上，先后出现了刘志华、吴金印、郑永和、耿瑞先、范海涛、裴春亮、茹振刚等先进英模人物，乃至群体形成了太行山下一道亮丽的先进文化风景线。

鲁班大奖：从 2002 年起，黄河水利委员会依据国务院批复的《黄河近期重点治理开发规划》，安排实施了标准化堤防工程建设项目。2008 年 12 月，济南黄河标准化堤防工程，在被水利部命名为"国家水利风景区"和"中国水利工程优质（大禹）奖"之后，又获 2008 年度中国建设工程"鲁班奖"——这是 2008 年度全国水利行业唯一的获奖工程，也是人民治黄 70 年来第一个荣获"鲁班奖"的水利工程，标志着黄河标准化堤防在设计理念、施工质量、建设管理等方面均达到了国内领先水平。

逼束：逼迫、约束。

豆腐腰：在黄河下游从郑州花园口到台前县孙口这一段大堤，原来就像豆腐一样松软、易决，故被称为"豆腐腰"。借鉴济南黄河标准化堤防工程经验之后，"豆腐腰"堤段治理工作也取得了重要进展和显著成效。

地上河：由于上游荒漠化严重、中游水土流失严重等原因，造成下游大量泥沙淤积，河道逐年抬高。一般河床高出背河地面 3~5 米，部分河段如河南封丘曹岗附近高出 10 米左右，从而形成世界著名的"地上悬河"，同时也因此成为淮河、海河水系的分水岭。

幸福河：2019 年 9 月 18 日上午，中共中央总书记、国家主席、中央军委主席习近平，在郑州主持召开的黄河流域生态保护和高质量发展座谈会上语重心长地嘱托：一定要"让黄河成为造福人民的幸福河"。

展我治黄万里图，为你重整梳妆台：句出贺敬之新诗《梳妆台》。

砥柱中流：传说上古时代，三门峡黄河河道狭窄处有一座砥柱山，在激流中影响河水的通畅。大禹在治水时，分别把两边的河道拓宽，使砥柱山像柱子一样兀立在激流之中。所谓的三门峡，分人门、神门及鬼门，其中鬼门最险，而砥柱就巍然屹立在此处的激流之中。

洛神惊兮河图新，河伯慕兮沧海光：句出屈金星、张艳丽《小浪底赋》。

小浪底：指黄河小浪底水利枢纽工程，也是黄河治理的关键水利工程。1994年9月主体工程开工，1997年10月28日截流。2001年底主体工程全部完工之后，具有防洪、防凌、发电、排沙、发电等综合性重要功能，被世界银行誉为与发展中国家合作项目的典范，称其不仅是中国治黄史上的丰碑，而且是世界水利工程史上最具有挑战性的杰作。大坝建成蓄水后，在上游形成大片浩渺水面，其一年一度的调水调沙活动更是雄伟壮观，可媲美于钱塘观潮。

玉门关：故址在今甘肃敦煌西北小方盘城，始置于汉武帝开通西域道路、设置河西四郡之时，因西域输入玉石时取道于此而得名，是古代丝绸之路上的重要门户。2014年6月，玉门关遗址作为中国、哈萨克斯坦和吉尔吉斯斯坦三国联合申遗的"丝绸之路：长安—天山廊道的路网"中的一处遗址，成功列入《世界遗产名录》。

声声羌笛春风度：著名诗人王之涣在《凉州词·其一》中写道："黄河远上白云间，一片孤城万仞山。羌笛何须怨杨柳，春风不度玉门关。"这里是化用并反其意而用之。

水调南阳到北京：1952年10月31日上午，在视察郑州北邙黄河之后乘火车回开封的专列上，王化云称将来黄河水不够用，需要从长江流域引水入黄，以解决华北、西北地区水源不足的问题。毛泽东闻听此言，眼睛顿然一亮说："南方水多，北方水少。如有可能，借点水来也是可以的。"后来，毛泽东专门提出的南水北调设想，或许就是在这时萌生的。南水北调中线的穿黄工程，开创了我国水利建设历史上的多个第一：第一次采用大直径隧洞穿越黄河；第一次在我国水利史上采用泥水加压平衡盾构进行隧洞施工；第一次应用双层衬砌的结构。同时，穿黄隧洞盾构机掘进创造了我国目前盾构机始发最深的纪录，穿黄隧洞也是国内穿越江河直径最大的输水隧洞，也在历史上第一次实现了长江水与黄河水的立体交汇。

开泰：亨通安泰，如《晋书·顾荣传》："弘九合之勤，雪天下之耻，则群生有赖，开泰有期矣。"

海晏河清：典出唐·郑锡《日中有王子赋》："河清海晏，时和岁丰。"沧海波平，黄河水清，比喻天下太平。晏：平静。

关关雎鸠，在河之洲：《诗经》首篇第一句。这里的"河"，即指黄河。

蠲税豪歌：2006年3月5日，时任国务院总理温家宝在十届全国人大三次会议上作政府工作报告时宣布：从2007年开始，将在全国全部免征农业税，并于当年提出5项具体措施。中国两千多年来农民缴纳"皇粮国税"的漫长历史，从此画上了句号。

脱贫壮举：2015年11月27日至28日，中央扶贫开发工作会议在北京召开。中共中央总书记、国家主席、中央军委主席习近平强调：消除贫困、改善民生、逐步实现共同富裕，是社会主义的本质要求，是中国共产党的重要使命。全面建成小康社会，是中国共产党对中国人民的庄严承诺。全党要立下愚公移山志，咬定目标、苦干实干，坚决打赢脱贫攻坚战，确保2020年所有贫困地区和贫困人口一道迈入全面小康社会。

维己亥仲秋：己亥中秋节之后的2019年9月18日，中共中央总书记、国家主席、中央军委主席习近平，在郑州主持召开黄河流域生态保护和高质量发展座谈会上的重要讲话中强调：要坚持绿水青山就是金山银山的理念，坚持生态优先、绿色发展，以水而定、量水而行，因地制宜、分类施策，上下游、干支流、左右岸统筹谋划，共同抓好大保护，协同推进大治理，着力加强生态保护治理，保障黄河长治久安，促进全流域高质量发展，改善人民群众生活，保护、传承、弘扬黄河文化……要深入挖掘黄河文化蕴含的时代价值，讲好"黄河故事"，延续历史文脉，坚定文化自信，为实现中华民族伟大复兴的中国梦凝聚精神力量。

花儿：流行在中国西北甘、青、宁三省区的汉、回、藏、东乡、保安、撒拉、土、裕固、蒙古等民族中共创共享的一种民歌形式。每年"花儿会"这天，当地的青年男女就会背上干粮到附近山中去以歌会友，或单打独唱，或一问一答，或互相对唱，不拘泥于任何形式，所以当地人俗称为"漫花儿"或"漫花"，与文人常说的"漫谈"有异曲同工之妙。花儿音乐高亢、悠长、爽朗，民族风格和地方特色鲜明。2006 年 5 月 20 日，经国务院批准，花儿被列入第一批中国国家级非物质文化遗产名录。

秦腔：中国汉族最古老的戏剧之一，起于西周，源于西府（今陕西省宝鸡的岐山与凤翔），成熟于秦，流行于西北部的陕西、甘肃、青海、宁夏、新疆等地，其中以宝鸡的西府秦腔口音最为古老，保留了较多古老发音。因其以枣木梆子为击节乐器，所以又叫"梆子腔"（俗称"桄桄子"，因梆击节发出"桄桄"之声而得名）。2006 年 5 月 20 日，经国务院批准，秦腔被列入第一批国家级非物质文化遗产名录。

豫剧：发源于河南开封，是中国五大戏曲剧种之一。因其音乐伴奏用枣木梆子打拍，故早期得名河南梆子。又因其在河南梆子的基础上不断继承、改革和创新发展起来，新中国成立之后简称豫剧。据文化部统计，除河南省之外，湖北、安徽、江苏、山东、河北、北京、山西、陕西、四川、甘肃、青海以及新疆、台湾等省（区、市），都有专业豫剧团分布。豫剧唱腔以铿锵有力、大气磅礴、抑扬有度、行腔酣畅、吐字清晰、韵味醇美、生动活泼、富有热情奔放的阳刚之气为主要特色，具有很大的情感力度。根据区域不同，豫剧主要又有祥符调、豫西调、豫东调、沙河调等。常香玉是豫剧艺术的杰出代表。

淘尽浪沙涤尽污……信有毛公道不孤：句出笔者作品《中华黄河坛之歌》（见上）。1949 年 3 月 5 日—13 日，中国共产党七届二中全会在河北省平山县西柏坡举行，由毛泽东、刘少奇、周恩来、朱德、任弼时组成的主席团主持了此次会议。七届二中全会是解放战争时期中共召开的唯一一次中央全会，会议做出的各项政策规定，不仅对迎接中国革命的胜利，而且对新中国的建设有重大作用。毛泽东主席在报告中提出了著名的"两个务必"："务必使同志们继续地保持谦虚、谨慎、不骄、不躁的作风，务必使同志们继续地保持艰苦奋斗的作风。"

露从今夜白，月是故乡明：句出著名诗人杜甫《月夜忆舍弟》："戍鼓断人行，秋边一雁声。露从今夜白，月是故乡明。有弟皆分散，无家问死生。寄书长不达，况乃未休兵。"

龙子：这里指中华民族所有的龙的子孙。

老家在河南，心魄起中原：2020年1月5日至2月29日，河南省文旅厅在郑州园博园举行"春满中原，老家河南"主题系列活动。在活动开幕仪式上，本赋由河南大学文化产业与旅游管理学院院长、教授、博士生导师，中国旅游研究院文化旅游研究基地首席专家，央视《百家讲坛》主讲嘉宾程遂营先生诵读。

新时代：2017年10月18日，习近平总书记代表中共十九大在报告中历史性地指出：中国已从此进入"中国特色社会主义新时代"。这个新时代，是承前启后、继往开来、继续夺取中国特色社会主义伟大胜利的时代。这一郑重宣示，不仅概括了中华民族的伟大飞跃，坚定了中国共产党的时代使命，而且明确了旗帜，更预示了未来。

大河：黄河的古代别称。河南报业集团所属的《大河报》即以此命名。

（本文及注释由作者提供）

【作者简介】王国钦，中国作协会员，中国李杜文学研究会副会长，中华诗词学会、中国毛泽东诗词研究会常务理事，河南诗词学会副会长，羽帆诗社、嵩岳诗社创始社长。主编有"新纪元中华诗词艺术书库"（7辑70卷）等，出版有《守望者说》《歌吟之旅》《知时斋说诗》《知时斋诗赋》等。

卷三

白话新诗

黄河大合唱（组诗三首）

光未然

黄河颂

朗诵词：啊，朋友！黄河以它英雄的气魄，出现在亚洲的原野；它表现出我们民族的精神：伟大而又坚强！这里，我们向着黄河，唱出我们的赞歌。

我站在高山之巅，

望黄河滚滚，

奔向东南。

惊涛澎湃，

掀起万丈狂澜；

浊流宛转，

结成九曲连环；

从昆仑山下，

奔向黄海之边。

把中原大地，

劈成南北两面。

啊！黄河！

你是中华民族的摇篮！

五千年的古国文化，

从你这儿发源；

多少英雄的故事，

在你的身边扮演！

啊！黄河！

你伟大坚强，

像一个巨人

出现在亚洲平原之上，

用你那英雄的体魄，

筑成我们民族的屏障。

啊！黄河！

你一泻万丈，浩浩荡荡，

向南北两岸，

伸出千万条铁的臂膀。

我们民族的伟大精神，

将要在你的哺育下

发扬滋长！

我们祖国的英雄儿女，

将要学习你的榜样，

像你一样的伟大坚强！

像你一样的伟大坚强！

（原为《黄河大合唱》第二乐章）

黄水谣

朗诵词：是的，人们是黄河的儿女！人们艰苦奋斗，一天天接近胜利。但是，敌人一天不消灭，人们便一天不能安身；不信，你听听河东民众痛苦的呻吟。

黄水奔流向东方，
河流万里长。
水又急，浪又高，
奔腾叫啸如虎狼。
开河渠，筑堤防，
河东千里成平壤。
麦苗儿肥啊，
豆花儿香，
男女老少喜洋洋。
自从鬼子来，
百姓遭了殃！
奸淫烧杀，
一片凄凉（凄凉），
扶老携幼，
四处逃亡（逃亡），
丢掉了爹娘，
回不了家乡！

黄水奔流日夜忙。

妻离子散，

天各一方！

妻离子散，

天各一方！

（原为《黄河大合唱》第四乐章）

保卫黄河

朗诵词：中华民族的儿女啊，谁愿意像猪羊一般任人宰割？人们抱定必死的决心，保卫黄河！保卫华北！保卫全中国！

风在吼，马在叫，

黄河在咆哮，

黄河在咆哮。

河西山冈万丈高，

河东河北高粱熟了。

万山丛中，

抗日英雄真不少！

青纱帐里，

游击健儿逞英豪！

端起了土枪洋枪，

挥动着大刀长矛，

保卫家乡！

保卫黄河！

保卫华北！

保卫全中国！

（原为《黄河大合唱》第七乐章）

【作者简介】光未然（1913 年—2002 年），原名张光年，著名诗人、文学评论家。1939 年 1 月创作《黄河大合唱》，经人民音乐家冼星海谱曲后在延安首次上演，此后在全国各地广泛传唱。其雄健磅礴、深沉浑厚的歌词与旋律，已成为中华民族抵御外敌的英雄诗篇。曾任中国作协书记处书记、党组书记，《文艺报》《人民文学》主编。有《张光年文集》行世。

风陵渡

艾 青

风吹着黄土层上的黄色的泥沙

风吹着黄河的污浊的水

风吹着无数的古旧的渡船

风吹着无数渡船上的古旧的布帆

黄色的泥沙

使我们看不见远方

黄河的水

激起险恶的浪

古旧的渡船

载着我们的命运

古旧的布帆

突破了风，要把我们

带到彼岸

风陵渡是险恶的

黄河的浪是险恶的

听呵

那野性的叫喊

"青山紫塞" 联 许雄志 书

白日依山盡黃河入
海流欲窮千里目
更上一層樓

王之渙登鸛雀樓詩 庚子三月書之於
菁菁亭北竹園燈下

蕭風

王之涣《登鹳雀楼》　萧风（陈洪武）　书

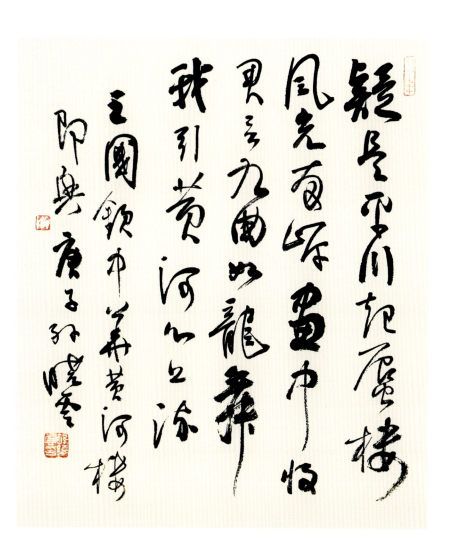

王国钦《中华黄河楼即兴》　孙晓云　书

王维《使至塞上》句 刘洪彪 书　　　　　李白《赠裴十四》句 杨杰 书

蘭州何所憶家憶是黃河遙望皋蘭
山下一帶似綾羅誰鍛千鈞銅板疊疊
層層直下雄唱大流歌黃土高原血紅
入海潮波三十載情未老任蹉跎喜得
關河鑄造意志來消磨腳踏山川大地
事做平凡細小有夢不南柯人去滄桑
裹苦樂又如何

南園詞水調歌頭黃河庚子京都世平

《水调歌头·黄河》 蔡世平 词并书

《黄河春潮》 沙清泉 作

《牧歌》　陈天然　作

《黄河八里胡同》 谢冰毅 绘

它没有一刻不想扯碎我们的渡船

和鲸吞我们的生命

而那潼关啊

潼关在黄河的彼岸

它庄严地

守卫着祖国的平安

一九三八年初风陵渡

【作者简介】艾青（1910 年—1996 年），原名蒋海澄，浙江金华人。曾任《人民文学》副主编，中国作协副主席等。著有诗集《向太阳》《大堰河——我的保姆》《黎明的通知》《归来的歌》，诗学论文集《诗论》《艾青谈诗》等。

黄河渡口

阮章竞

昭君坟，古渡口，

风有牙，沙有爪。

黄泥水，打转流，

礁石嶙嶙不露头。

漩涡深又大，
一个吞两牛。

黄风躁，黄浪暴，
木船似要翻跟头。
渡客舱心乱打抖，
艄公汗水透棉袄。
上岸回头伸舌头：
昭君坟，古渡口。

风难猜，云难测，
千古黄河惹不得！
蛇群乱钻的昭君坟，
月昏昏，草黑黑。
谁曾给古老野渡头，
带来点春天的好颜色！

黄沙道，黄沙路，
扬土机，扫黄雾，
草原要出大钢都，
一夜春风把草吹绿。
黄河头，古野渡，
红白小旗翻飞舞。

大船横断水中流，

铁锚砸碎暗礁头，

钢钻探进黄河底，

战书下到老龙手！

浪低头，水发抖，

老艄公初次展眉头。

昭君坟，古渡口，

黄沙天，要改气候。

请看明天大坝起，

指着黄河改河槽。

万年黄泥浆，

要变清水流。

等看北岸红炉照紫天，

来听南岸黄莺鸣绿柳。

黄河头，古渡口，

草儿青，野花娇，

艄公桨声欢，

渡客歌声好。

古渡口，昭君坟，

人造湖水水如镜。

做伴不是昏昏月，

不是寒星和流萤，

而是繁灯千千万，

紫光不灭的钢铁城。

1957 年 2 月于包头

【作者简介】阮章竞（1914 年—2000 年），1949 年加入中国作家协会。1949 年发表长篇叙事诗《漳河水》，奠定了在文学史上的地位。历任中国作协党组成员，北京市文联副主席，北京市作协主席等。出版有诗集《霓虹集》《迎春桔颂》《四月的哈瓦那》《阮章竞诗选》等。

三门峡水利工程有感

穆 旦

想起那携带泥沙的滚滚河水，

也必曾明媚，像我门前的小溪，

原来有花草生在它的两岸，

人来人往，谁都赞叹它的美丽。

只因为几千年受到了郁积，

它愤怒，咆哮，波浪朝天空澎湃，

但也终于没有出头，于是它

溢出两岸，给自己带来了灾害。

又像这古国的广阔的智慧，
几千年来受到了压抑、挫折，
于是泛滥为荒凉、忍耐和叹息，
有多少生之呼唤都被淹没！

虽然也给勇者生长了食粮，
死亡和毒草却暗藏在里面；
谁走过它，不为它的险恶惊惧？
泥沙滚滚，已不见昔日的欢颜！

呵，我欢呼你，"科学"加上"仁爱"！
如今，这长远的浊流由你引导，
将化为晴朗的笑，而它那心窝
还要进出多少热电向生活祝祷！

1957 年

【作者简介】穆旦（1918 年—1977 年），原名查良铮，祖籍浙江海宁。1935 年入清华大学外文系，1940 年于西南联大毕业，著名诗人、翻译家。著有诗集《探险者》《穆旦诗集》等。主要译著有《普希金抒情诗集》《雪莱抒情诗选》《拜伦诗选》《济慈诗选》等。

我们歌唱黄河

郭小川

我们在河边上住了几百代，

我们对黄河有着最深的乡土爱。

我们知道河边上，

有多少村庄，

多少山崖；

我们知道，

什么时候浪头高，

什么时候山水来；

我们歌唱黄河，

也歌唱我们的乡土爱。

来呀，

今天这样好日子，

为什么不唱起来！

来呀，

今天这样好日子，

你还把谁等待！

来呀，

你们这脸上没有胡子的，

额上没有皱纹的，

这正是我们歌唱的时代！

来呀，

你们这和强盗厮杀的战士们，

和浪涛搏斗的水手们，

和土地拼命的农民们，

大胆地跳上舞台！

唱吧，

今儿天上没有阴霾，

我爱呼吸就呼吸个痛快；

今儿天上缀满星星，

给我们生命无限的光采；

今儿这广大的黄河西岸，

是你的舞台，

是我的舞台，

是大家的舞台。

唱吧，

你敲家伙，

我道白，

扬起你的歌喉，兄弟，

泛起你的酒窝呀，朋友！

我们唱出黄河的愤怒，

唱出黄河的悲哀，

让我们集体的歌声，

和黄河融合起来！

唱吧，

我们的歌声，

不叫敌人过黄河！

唱吧，

我们的歌声，

不许我们周围有破坏者！

我们不停息地唱，

我们不停息地歌，

直到这北方的巨流——

属于工人的河，

属于农民的河，

属于学生旅行的河，

属于青年人唱情歌的河，

属于将士胜利归来饮马的河……

那时候，我们站在河岸上，

静静地听，

黄河给我们唱，

最动人、最快乐、

最幸福的歌。

1940 年 5 月 4 日陕北绥德

【作者简介】郭小川（1920 年—1976 年），1936 年开始发表作品，1941 年入延安马列学院文艺理论研究室学习。1958 年加入中国作协。历任中宣部理论宣传处副处长、文艺处副处长，中国作协书记处书记。著有诗集《投入火热的斗争》《致青年公民》《郭小川诗选》等，以及长诗《将军三部曲》。

黄河的独白

青 勃

我是黄河

我是长江的兄弟

我是雪山的乳腺

我是华夏的摇篮

我是伏羲的赶山鞭

我是大禹胯下的龙

我是光明的孵卵器

我繁殖着地上的群星

我是黄河

我是一把锋利的古剑

我是大地的雕刻刀

我是辉煌的铜号

黎明跃动时的钟声

我是欢乐的笑纹

我是悲苦的浑浊的眼泪

我的呼吸使石破天惊

我是黄河

我的爱有嵌入地层的深度

我的心有扇形的宽广

我有力的抛物线和弧形

我有从天上到人间的追求

我的方向永远向大海向东

我是奔流时的风暴

我是向世界发言的雷霆

【作者简介】青勃（1921 年—1991 年），1942 年开始发表作品。1949 年加入中国作协。文学创作一级。历任《河南文艺》《奔流》编辑部副主任、编委，河南省文联专业作家，河南省作协副主席等。著有诗集《号角在哭泣》《鼓声》《引玉集》《绿叶的声音》《黎明的故事》等 18 部。

将军渡

管 桦

1947 年秋天，解放军反攻的时候，刘伯承将军带领大军从山东寿张县渡口过黄河。是夜，黄河有大风浪。但大军上船，忽然风平浪静，平安渡过黄河。从此，这一带人民称寿张县渡口为"将军渡"。

山东大路千万条，
遍地红旗飘飘。
烟尘卷着马刀，
飞云掠过大炮，
转眼已过山河万座桥。

一轮红日西落，
已是茫茫夜色。
将军刘伯承，
飞马来到大渡口，
马在风中嘶叫，
风在浪涛上吼。
将军挥手，大军上船渡急流。

渡船千万艘，
将军站立在船头。
船头好似将军台，
浪涛滚滚涌上来。

暴风吹得刀枪呜呜响，
吹得马鬃飞扬。
渡船在旋转，
渡船在摇荡。

战士们在船上，
将军立身旁。
远望河对岸，
烽火燃烧大别山，
虎狼盘踞在山间。

啊，黄河，黄河，
快收起风波，
跟我大军渡黄河。

浪涛在大军脚下伏倒，
暴风躲入云霄。
千万艘渡船过水面，
好像飞鸟穿云间，

人马跃进大别山。

【作者简介】管桦（1922 年—2002 年），1949 年加入中国作协。历任中央乐团创作员，北京市文联主席，中国作协北京分会主席等。著有《儿童诗歌选》《管桦文集》（六卷）等。中篇小说《小英雄雨来》及同作曲家合作的歌曲《快乐的节日》《我们的田野》《听妈妈讲那过去的事情》等均获大奖。

黄河与鲤鱼

牛　汉

黄河

你多么高傲啊

弃绝水草和浮萍的爱抚

弃绝太阳和云朵亲昵的投影

你甚至憎恶地不断地冲毁着

与你相依为命的河岸

黄河

高傲的黄河

你永远不能

从你似乎可以吞没一切的激流里

赶走一条鲤鱼

倔强的鲤鱼

经过千千万万代的死死生生

学会了在泥浆似的激流里

睁着圆圆的眼睛，一眨不眨

学会了在恶浪与恶浪的缝隙中

从容地呼吸

学会了迎着你的逆流冲刺

还学会了用剑一般的鳍

和闪着血光的锋利的鳞片

划开你的胸膛

向太阳飞跃

飞跃得比你的浪头还要高

【作者简介】牛汉（1923 年—2013 年），历任人民文学出版社党委委员、《中国文学》执行副主编、《新文学史料》主编、中国诗歌学会副会长、中国作协全委会名誉委员等职。著有《彩色的生活》《祖国》《牛汉诗选》等十多部诗集以及诗话集《学诗手记》等。诗集《温泉》获全国优秀新诗集奖。

三门峡——梳妆台

贺敬之

望三门，三门开：
"黄河之水天上来！"
神门险，鬼门窄，
人门以上百丈崖。
黄水劈门千声雷，
狂风万里走东海。

望三门，三门开：
黄河东去不回来。
昆仑山高邙山矮，
禹王马蹄长青苔。
马去"门"开不见家，
门旁空留梳妆台。

梳妆台呵，千万载，
梳妆台上何人在？

乌云遮明镜，
黄水吞金钗。

但见那：辈辈艄公洒泪去，
却不见：黄河女儿梳妆来。

梳妆来呵，梳妆来！
——黄河女儿头发白。
挽断"白发三千丈"，
愁杀黄河万年灾！
登三门，向东海：
问我青春何时来?！

何时来呵，何时来？……
——盘古生我新一代！
举红旗，天地开，
史书万卷脚下踩。
大笔大字写新篇：
社会主义——我们来！

我们来呵，我们来，
昆仑山惊邙山呆：
展我治黄万里图，
先扎黄河腰中带——
神门平，鬼门削，
人门三声化尘埃！

望三门，门不在，
明日要看水闸开。
责令李白改诗句：
"黄河之水'手中'来！"
银河星光落天下，
清水清风走东海。

走东海，去又来，
讨回黄河万年债！
黄河女儿容颜改，
为你重整梳妆台。
青天悬明镜，
湖水映光彩——
黄河女儿梳妆来！

梳妆来呵，梳妆来！
百花任你戴，
春光任你采，
万里锦绣任你裁！
三门闸工正年少，
幸福闸门为你开。
并肩挽手唱高歌呵，
无限青春向未来！

注 释

梳妆台：三门峡下不远，有巨岩，如梳妆台状，故名。

禹王马蹄：三门之一"鬼门"岩上，有石坑，状如马蹄印，相传为大禹跃马遗迹。

【作者简介】贺敬之（1924年—　），1942年毕业于延安鲁艺文学系。曾任中宣部副部长，文化部代部长，中国文联第四届委员，中国作协第三届副主席，中国剧协第三届书记处书记。著有诗集《回延安》《雷锋之歌》等，歌剧《白毛女》（文学剧本主要执笔）等。《白毛女》获1951年斯大林文学奖金。

给黄河安家

梁　南

流浪的黄河永远在流

流是命运。人们

用断然方式　剪裁

它四分之一的年流量　蓄它

入一百二十亿立方空间　驯养它

停泊成优雅的止水　安抚它

停泊成史无前例的恬润

让奔腾三百万年的声音　孕出无声

等它铺就十万层波涛

筑好安身的窝巢

风风火火流浪三万个世纪的黄河

在小浪底　温柔出家的宽容与宁静

这个敞开世纪胸襟的浩广之家

纵然千年一遇的洪峰汹涌而来

也将被它拥抱成不流泪的风景

【作者简介】梁南（1925 年—2000 年），历任《北方文学》编辑部主任，黑龙江省专业作家等。著有诗集《野百合》《爱的火焰花》等。组诗《我追随在祖国之后》获 1981—1982 年《诗刊》优秀作品奖。

壶口瀑

丁　芒

倾神州西部半壁

倒提阴山万壑水

向这壶口灌来……

万龙，万马，奔起尘烟

龙身翻腾，马鬃飞扬

浩荡而来，呼啸而来

挟风挟雨而来

带着黄土和汗珠

带着纯朴与热烈

向这倒悬的钟，撞去

撞出东方的雷霆

于是，挝响了太岳、太行

冲得潼关直晃

于是，东南倾斜了

余音顺坡荡送千里

是谁拿着这酒壶

谁滔滔斟着这琼浆

东岸的吉县，西岸的宜川

是壶的两只耳柄

1993 年 10 月 24 日

【作者简介】丁芒（1925 年—　），江苏南通人。中国作协会员，中华诗词学会、中华诗词研究院顾问。终生从事文学创作，在新诗、旧诗、词曲、散文、文艺理论等方面，都取得了较高的成就。出版有《当代诗词学》《丁芒文集》等 50 余部著作，历年获奖 20 余次。

黄河落日

李 瑛

等了五千年

才见到这庄严的一刻

在染红一座座黄土塬之后

太阳，风风火火

望一眼涛涌的漩涡

终于落下了

辉煌地、凝重地

沉入滚滚浊波

淡了，帆影

远了，渔歌

此刻，大地全在沉默

凝思的树，严肃的鹰

倔强的陡峭的土壁

蒿艾气息的枯黄的草色

只有绛红的狂涛

长空下，站起又沉落

九万面旌旗翻卷

九万面鼙鼓云锣

一齐回响在重重沟壑

颤动的大地

竟如此惊心动魄

醉了，洪波

亮了，雷火

辛勤地跋涉了一天的太阳

坐在大河上回忆走过的路

历史已成废墟

草滩，燔火

峥嵘的山，固执地

裸露着筋络和骨骼

黄土层沉积着古东方

一个英雄民族的史诗和传说

远了，马鸣

断了，长戈

如血的残照里

只有雄浑沉郁的唐诗

一个字一个字

像余烬中闪亮的炭火

和浪尖跳荡的星星一起

在蟋蟀鸣叫的苍茫里

闪烁……

【作者简介】李瑛（1926 年—2019 年），曾任解放军文艺出版社总编辑、社长，总政治部文化部部长，中国作协主席团委员，中国文联副主席，中国诗歌学会副会长等职。著有《李瑛诗文总集》及诗集、诗论集 60 多部。曾获全国首届优秀诗集奖一等奖，首届鲁迅文学奖诗歌奖，"五个一工程"奖等多种奖项。

夜半车过黄河

公　刘

夜半车过黄河，黄河已经睡着，

透过朦胧的夜雾，我俯视那滚滚浊波，

哦，黄河，我们固执而暴躁的父亲，

快改一改你的脾气吧，你应该慈祥而谦和！

哎，我真想把你摇醒，我真想对你劝说：

你应该有一双充满智慧的明亮的眸子呀，

至少，你也应该有一双聪明的耳朵，

你听听，三门峡工地上，钻探机在为谁唱歌？

1955 年 5 月 27 日深夜，北京

【作者简介】公刘（1927 年—2003 年），原名刘仁勇。1948 年参加革命工作，曾随部队进军大西南，历任《诗刊》编委、安徽文学院院长等职。著有诗集《边地短歌》《在北方》《离离原上草》《公刘诗选》等。诗集《仙人掌》获全国首届新诗（集）一等奖。

黄河浪

雁　翼

邀一天水鸥，

乘一只木舟，

一片白帆风拉纤，

船在浪上游。

大黄河呵大黄河，

我要把你看个够，

看你堤里的庄稼，

谷子垂头高粱醉了酒；

看你堤外的杨柳林，

枝叶迎风乐悠悠；

看你千里黄沙岸，

水闸电站手拉手；

看你的激流呵，

大浪小浪无尽休……

船在上走呵，

思绪荡心头，

大黄河呵大黄河，

我共过欢愁的战友。

过去没有仔细把你看，

是因为把一切交付了战斗；

过去没有仔细把你看，

是因为爱你爱得太深厚；

过去没有仔细把你看，

誓把愿望留在胜利后。

胜利后呵，

重来游，

新景旧景望个够，

新旧思绪理出头。

揣一怀激浪，

又到远方走，

不避雪千尺，

不躲风雨骤，

走遍世界不忘本，

心随黄河向东流……

1963 年 2 月改于重庆

【作者简介】雁翼（1927 年—2009 年），1956 年加入中国作协。文学创作一级。著有诗集《白杨颂》《雁翼抒情诗选》、诗论集《诗的信仰》以及《雁翼选集》（4 卷）共 70 多种。作品多被译成多种文字在国外出版。诗歌《东平湖的鸟声》、长诗《紫燕传》，分获全国少儿文学作品优秀奖。

黄河长江

韩　笑

泣别了白山黑水，

走遍了黄河长江……

——童年的血泪悲歌，

　老年的壮怀激烈，

催动我

　　唱罢还乡曲，

又飞向长江，

　飞向黄河！

长江黄河
我曾在
　　暗夜跨过，
不是流浪逃亡，
是随着铁流
　　扑灭战火！

旧地重访，
非为游客。
是来倾诉
　　长久的思渴，
是来偿还
　　青春的许诺！

不到长江黄河，
对我的慈母
　　了解不深刻；
做华夏诗人
　　没尽到职责！
我短暂的一生
　　只是对祖国
　　　　匆匆一瞥，
有这匆匆一瞥

献出心海情波

也算没有白活！

如果有一天

告别世界，

如果我的灵魂

不会熄灭！

我将飞向哪里？

我还要说：

飞向长江，

飞向黄河！

1984 年 10 月—12 月 22 日于广州

【作者简介】韩笑（1929 年— ），原名韩国贤。1962 年始任广州军区专业创作员。著有诗集《歌唱韶山》《从松花江到湘江》《战士和孩子》《红旗之歌》《南海花园》《春天交响曲》《海浪之歌》《南国旅伴》《黄河长江》等。

黄河态势

王辽生

不甘沉浸于孤独之幽默

我错将一幅气壮今古的狂草

当作黄河

的确是一幅方圆自如的恣纵运笔

的确是一幅情智两酣的至畅舞墨

一幅飞马之骨

一幅云龙之格

一幅不屈不挠的中国气魄

闪光不是目的

也不必炫耀追求之执着

只有肉体与灵魂投入时代的流火

一撇一捺

便都是一首浩歌

黄河高悬于中国

中国高悬于世界

个性独特

【作者简介】王辽生（1930 年—2010 年），历任解放军第 12 军文工团创作员，《绿风》诗刊副主编等。1982 年加入中国作协。著有诗集《天安门的红墙》，散文集《有你相伴》等。诗歌《黄河态势》获 1987 年全国歌唱黄河诗赛首奖，《新居》获 1982 年《诗刊》优秀作品奖。

车过黄河铁桥

流沙河

九曲十八湾，黄河，

你来自荒凉的朔漠。

下高原，

奔龙门，

到中州。

浩浩荡荡东流去，

不见南北两岸。

但见你那拍天的黄波，

神秘，豪雄，古老，

多像我亲爱的中华民族。

我是如此渺小，

是你狂涛中的细沙一颗；

我是如此伟大，

从你的汪洋上高飞而过。

人间有的是路，

虽然曲折坎坷。

不到黄河心不死，

如今活着，

又过黄河！

【作者简介】流沙河（1931 年—2019 年），原名余勋坦。1979 年加入中国作协。中国作协理事、第七届全委会名誉委员。著有《农村夜曲》《告别火星》《流沙河诗集》《写诗十二课》《十二象》《流沙河诗话》《南窗笑笑录》《流沙河随笔》《流沙河近作》等诗集、诗论集、散文随笔集多种。

小浪底抒情

刘　章

站在北邙山上，

放眼小浪底枢纽工程：

要把黄河结一个扣儿，

就像民间花会耍龙。

在这儿排淤、灌溉，

在这儿防洪、防凌。

把昆仑山飘来的雪花，

化作阳光万顷，

让三千年的梦，开出花朵——

圣人出，黄河清……

不见人山人海，

不闻万炮齐鸣，

只有机械像虫儿蠕动，

只有旗语轻轻。

黄河没有滔天大浪，

我的心儿波涛汹涌。

啊，中国人就是这样，

安安稳稳，平平静静，

和朋友们一块儿，

要完成"世界上最具挑战性工程"。

我们的祖国，

多么清醒、坚定、从容！

啊，黄河

这条桀骜不驯的龙，

一出昆仑，

它便失去白雪的晶莹，

夹泥带沙；

也失去水的妩媚、柔情，

东撞，西冲。

一过这小浪底，

它更发疯，

仿佛中原大地，
是它散步的闲庭。
说改道就改道，
吞了多少生灵？
想泛凌就泛凌，
把千里平原冰封。
它从天上来，还想天上去，
欲把头尾摆平……

好了，
这将是它少年淘气的故事，
从今年起，在这里，
再也不能任性，
让洪峰立正，稍息。
翻个筋斗吐霭飞虹，
让黄沙去做大厦的筋骨，
让冰凌化作彩云飞空。

啊，小浪底将要水波不兴，
化作一轮明镜，
让中华儿女，
来此共星月一同照影，
还有那两位老人——
孙中山和毛泽东。

月夜里乘槎而来，

指点山水，谈兴很浓：

"黄河的事情，办得很好，

革命在顺利进行……"

【作者简介】刘章（1939年—2020年），笔名尔玉。国家一级作家。曾任中国乡土诗人协会名誉会长，《诗刊》《中华诗词》编委等。主要著作有《燕山歌》《刘章诗选》《刘章诗词》《刘章绝句》《刘章评论》等50部诗文集。组诗《北山恋》1980年获得全国首届中青年诗人新诗奖。

黄　河

王怀让

从哪里流来

源远源远源远源远

向哪里流去

流长流长流长流长

从远古洪荒流来流来

向遥远未来流去流去

从仰韶文化的图案流来流来

向无穷世纪的闸门流去流去

从郦道元的《水经注》里流来流来

在三门峡的图纸上显影之后

向灿烂的光明流去流去

从李太白的歌里流来流来

在贺敬之的诗中梳妆了一番

向美妙的意境流去流去

你流着一首史诗

你流着一部《史记》

你流出一个民族

你流出一片大陆

你流着悲欢离合

你流着喜怒哀乐

你流着珍珠也流着鱼目

你流着清泉也流着黄沙

你流着载舟的波涛

你流着覆舟的漩涡

你流着火药也流着外国人的枪炮声

你流着纸张也流着中国人的卖身契

你流着指南针也流着流离失所的人群

你流着印刷术也流着印刷的不平等条约

你流着一句不朽的格言

历

　史

是

　曲

折

　的

你流着一个伟大的真理

历

史

是

向

前

的

既然你给了我们一个肤色

我们不仅要你的肤色

也要你的筋骨

也要你的血脉

既然你给了我们一个歌喉

我们不仅要你的歌喉

也要你的气魄

也要你的胆略

你是躺下的天山躺下的昆仑

你是流着的秦岭流着的太行

我们咆哮了

我们怒吼了

我们站起来站起来站起来

站起来仍然是天山昆仑秦岭太行

巍巍峨峨巍巍峨峨巍巍峨峨

日月星辰睁大眼睛望着我们

望着我们的还有无数双黑眼睛黄眼睛蓝眼睛

还有用各种文字印刷的各种版本的史册

你奔流奔流奔流奔流

流向大洋彼岸的球台

让那颗像星星一般的白色的圆的精灵

带着我们的性格闪烁

你奔流奔流奔流奔流

流向地球那边的球场

让那颗像月亮一般的红色的圆的精灵

带着我们的歌喉跳跃

你从天上来又向天上奔流奔流奔流奔流

让卫星像我们手中的乒乓一样在蓝天上旋转

你从大漠来又向大漠奔流奔流奔流奔流

让蘑菇云像我们手中的排球一样在大漠上升腾

你带着我们的诗人们的构思

你带着我们的画家们的色彩

你带着我们专业户在清晨里流出的汗水

你带着我们工程师在子夜里洒下的墨水

你带着我们的党的总书记在中南海的琉璃瓦的

办公室印下的脚印
你带着我们的共和国主席在大会堂的红地毯的
会客厅发出的笑声
奔流奔流奔流奔流流向大海
奔流奔流奔流奔流流向大洋
全世界都看到了你的颜色
这中国的颜色不同于他人的中国特色

从哪里流来
源远源远源远源远
向哪里流去
流长流长流长流长
你从今天向明天流去
正如你从昨天向今天流来
既然昨天没能阻挡住你流向今天的脚步
今天也定然会把你送上通向明天的河床
昨天是今天的起点
但今天绝不是昨天的终点
今天转瞬就会成为昨天
我们永远生活在明天当中
历
　　史
是
　　曲

折
　的
我们永远铭记你的形象所展示的格言
历
史
是
向
前
　的
你的涛声所发出的宣言永远激励着我们

【作者简介】王怀让（1942 年—2009 年），著名诗人。中国作协会员。曾
任《河南日报》编委委员、河南省作协副主席、河南省诗歌学会会长，享受
国务院政府特殊津贴。发表诗作 6000 余首，文 200 多万字，结集出版诗文集
30 余部。作家出版社 2003 年出版《王怀让诗文集》八卷，计 320 万字。

黄河石头记

刘济昆（香港）

我在黄河岸上捡了两块石头，
人们笑我蠢笨如牛：

"行李这么重，还要装石头？"

我说："你不懂呀，朋友，

这是真正的古董，

不花一分钱，却是无价之宝我所求。

几十亿年前或几百亿年前，

女娲补天时炼出这石头。

天崩地裂，黄河诞生，

石头就掉在黄河边没被冲走

世上任何古董有这石头古老吗？

恐龙化石、北京猿人头骨比得上否？

维纳斯雕像、凡·高名画比得上否？"

你喜欢雨花石，

你喜欢蓝宝石，

我却要珍藏黄河纯洁的石头，

我的所爱，我所拥有。

我拿起两块石头敲击有声，

那是黄河的风在吼，

那是黄河的水在流。

惊涛骇浪，激荡澎湃，

那是冼星海《黄河大合唱》的优美旋律，

黄河在咆哮，黄河在咆哮……

声声传入我心头。

我随这声音，远上白云间，

我随这声音，又从天上来，

我随这声音，奔流、奔流……

奔流到大海，我还是要回头。

【作者简介】刘济昆（1946 年—2010 年），出生于印尼苏门答腊，1963 年以优异成绩考入四川大学中文系。后入香港，曾在《大公报》《东方日报》开设专栏"济世狂言"。毛泽东兵法和毛泽东诗词研究专家，曾被臧克家誉为才子奇人。著有《毛泽东兵法》，长篇小说《断雁叫西风》以及诗歌、散文等。

黄河壶口歌

叶延滨

1

高高低低山岭间奔驰的汽车

奔驰在我与黄河之间

　　现实与期待之间

　　诗意与历史之间

之间啊，是起伏是颠簸的思绪

是盘旋而又蜿蜒的山路

山路不宽

秋色很浓

秋色里同行的友人

没有带上杜甫对秋风的牢骚

只有带上李白的真豪情与假醉酒

至于王昌龄王之涣等辈

则误了这辆小客车的发车时间……

坐在车头的陕北诗人曹谷溪

十七年前陪我走过这条朝圣之路

（那年也是苹果成熟的时节

谷溪和我捡拾着从手扶拖拉机上

颠落在石子路上的半红半青的果子

——十七年让他和我都有了白发

而那半红半青的果子也红透了山丘）

高山仰止兮云开雾腾

舞台的帷幕拉开了

——眼前就是壶口

车辚辚马萧萧兮没有刀光

雷隆隆风瑟瑟兮旗舞红霞

腾腾而起在胸

突突而升在眼

是岁月的云
是历史的雾

跃过两岸高山
跃过那些红红的果林
跃过紫云彩虹的大河谷
跃上那首让男人血沸
让女人淌泪的歌
你晓得天下黄河
几十几道弯嘞……
那歌声被浪拍成沫
那歌声被风揉成雾
两岸是高高的石崖
在这千古永存的音乐厅
歌唱着的只有一个
男高音——
黄河壶口大瀑布！

天下的男儿视为知己
天下的女子迷恋倾倒
美哉黄河大瀑布
我们看你来了

2

久违了，你这天上来的
黄河之水
当我走近壶口
那九十九股金黄的瀑布
如九十九条金鳞的蛟龙
欢腾地冲入
十里大龙槽

我眯着眼看这些天上来客
一道道飞泻的水柱
是阳光凝成的金色脂乳
于是太阳抚爱大地的气息
弥漫我的全身
那缕缕阳光是女娲的长发——
也许就是这水这黄河水
也许就是这土这高原土
融为我的血
聚成我的骨

啊，阳光你不要离去
阳光才是天上来的黄河水

如血如脂如浆如乳……

我突然感到口渴如焚

我莫不是从远古跑来

双脚扎满历史的荆棘

我是高原的逐日者啊

怀里揣着屈子的《天问》

酒壶里装着李白的《将进酒》

急匆匆如郭沫若这只《天狗》!

喝干了这水如被呛死

那混浊的泥浆是一盅

难沉淀的千古《史记》!

不喝这水又会被渴死

谁敢夸说血浓于水哟

只知道血与黄河水同宗同祖

3

看壶口那儿只是急流飞瀑

我敞开怀迎迓黄河鼓乐队

是大秧歌飞扬的彩绸

是斗鼓队踢踏的黄尘

是唢呐惊飞了朝凤的百鸟

是彩船去晃动村庄和集市

是鞭炮炸响迎亲欢笑

是窗花染红山村容颜

是地之精血啊，养百代千代

是天之甘霖啊，育子子孙孙

水沫和阳光穿梭

织就一弯七彩虹

灵性之源

诗情之泉

看不够飞舞的凤翼彩屏

让我的心儿也乘风欲翔

只是，只是忘不了中原黄河滩

天昏昏地茫茫黄沙荒岗

不知是岁月老了黄河

还是黄河老了岁月

静静地淌啊缓缓地挪

载不动的是愁还是忧

是弃妇的旧怨

是浪子的诅咒

没有桨声灯影的旧黄河

每滴河水都是一个典故

跳进黄河洗不清的是谁

是昨日那轮夕阳

还是今日我的追思……

啊，惜别壶口

我不敢回首

只有阳光多情送我上路

只有阳光托着瀑布的歌

怒吼化作呢喃

呢喃如同蜜蜂

甜蜜而螫心的黄河壶口啊

追我伴我

催我回头——

啊，一泻彩霞抹亮群峰

好美的黄河两岸

竟然葱郁如墨绿

【作者简介】叶延滨（1948年—　　），1978年考入大学，在校期间获全国诗歌奖并加入中国作协。历任《星星》诗刊编辑、副主编、主编，《诗刊》副主编、常务副主编、主编，中国作协诗歌委员会主任等。著有诗集《不悔》《二重奏》《乳泉》等数十部。作品获中国作协优秀中青年诗歌奖（1979—1980），中国作协第三届新诗奖等，作品曾被译为英、法、德、意等多国文字。

在黄河

李小雨

在黄河，
一捧黄土，
一支船桨，
一个泥做的太阳。

脊背和土地。
渔网和柳筐。
我们的历史，
我们千百年打着旋涡的历史啊，
难道只能在锈蚀的青铜器上
才有你的语言和形象？

于是我看见了铝盔，
看见了铝盔一样闪亮的目光，
看见了目光一样激荡的
黄河水，
看见了黄河水一样滚过的
井场上的泥浆。

王维《使至塞上》诗意　马岭　绘

《大河情怀》 杨振熙 绘

《黄河水暖》 赵振川 绘

《天河润太行》　李明　绘

《黄河源头》 高建设 摄

《夏日小浪底》 刘再平 摄

《大河源远摇篮曲》 张水利 摄

《三门峡天鹅湖》 程乐意 摄

《南水北调穿黄河》 王明华 摄

渡口啊，

快运送炊烟和密集的钢！

我想在南岸

看输油管道的焊花；

我想在北岸

听河口大风的歌唱。

那黄土中

母亲的泪早汇入了波浪，

留下的是原油

新鲜得闪光。

钻塔群！

用钻塔群筑成两岸的大堤，

锁住崭新的故事，

听我们唱……

【作者简介】李小雨（1951 年—2015 年），女，1969 年到河北农村插队，两年后参军在铁道兵基层单位当卫生员，发表第一组诗歌《采药行》。1976 年到《诗刊》社工作，先后任编辑、编辑部主任、副主编、常务副主编。1983 年加入中国作协。著有诗集《雁翎歌》《红纱巾》《东方之光》《李小雨诗选》等。

黄河故道遐想

赵丽宏

曾经是汹涌黄河水的河床吗？
为什么听不见潮声轰响，
看不到浊浪排空的景象？
一片野苇，几星蒿草，
沐浴着萧瑟秋风，
述说寂寞和荒凉……

问遍地狼藉的乱石吧，
当年的黄河是如何在这里流浪，
像一个勇猛而又天真的莽汉，
曾经欢乐地呼啸着横冲直撞。
以为每一道峡谷都能通向大海，
以为每一片平原都能铺向远方……
却不料在一马平川迷失了方向。
年轻的黄河啊，
你是如何在这里彷徨，
如何踯躅着倾吐心中的惆怅，
如何呜咽着呼唤遥远的海洋？

黄河已经从别处流入海洋，

为世人描绘出一个，

百折不回的英雄形象。

年轻时的故事，

他一定不会遗忘。

你看这从高山带来的遍地岩石，

你看这曲曲弯弯的干涸的河床。

这是一行惊心动魄的脚印啊，

留在他曾经拼搏探索的征途上……

站在这片土地上沉思，

我听见了黄河古老的歌唱。

我听见他顽强执着的脚步，

依然在前方回响。

1982 年秋，北京—上海

【作者简介】赵丽宏（1952 年—　），中国作协全国委员会委员，上海作协副主席，《上海文学》杂志社社长，著有诗集《珊瑚》《抒情诗 151 首》以及散文集《生命草》等 80 多部。有《赵丽宏文集》（十八卷）行世。曾获首届冰心散文奖、斯梅德雷沃金钥匙国际诗歌奖等。

幻河（节选）

马新朝

1

十二座雪峰冰清玉洁　十二座雪峰上没有一个人影

十二座雪峰守护着　黄金的圣殿

乘坐颂歌的我在裸原上独坐　倾听

圣灵　我就是那个被你传唤的人

我就是那个雪莲遍地的人

我是一条大水复杂而精细的结构

体内水声四起　阴阳互补　西风万里

我在河源上站立成黑漆漆的村庄

黑漆漆的屋顶鸡鸣狗叫　沐浴着你的圣光

鹰翅　走兽　紫色的太阳　骨镞　西风

浇铸着我的姓氏　原初的背景　峨岩的信条

黑白相间的细节

在流水的深处马蹄声碎　使一个人沉默　战栗

像交错的根须

万里的血结在时间的树杈上

结在生殖上　水面上开出神秘的灯影　颂歌不绝

岸花撩人　地平线撤退到

时间与意识的外围　护身的香草的外围

高原扭动符号　众灵在走

十二座雪峰守口如瓶

万种音响在裸原的深处悄无声息

28

比天空更高的是黄土　比西风更猛烈的是黄土

　　河流也看不透的黄土　灯光也照不进的黄土

　　　把流水上的幻象　人间的幻象

　　　　　减少到暮色中的土塬上一个人孤独的身影

被雨燕忘却的黄土　被乌鸦的翅膀燃烧的黄土

　　在一致的锣鼓声里　比乡土路更细更长的信天游里

　　　九十九座村庄　九十九孔窑洞

　　　　　说着同一根琴弦

那个被黄土的手掌打上印记的人

　　那个怀揣虎符打马而过与时间赛跑的人

　　　在他的身子与意识到达之前

　　　　黄土已经关闭

没有人能够说出黄土里肃穆或是滑稽的思考

没有人能够走进它细密而玄妙的组织

　　　像沉落在月亮里的一场风暴

　　　　　赶在了我所有的努力或是行动的前头

它静止的状态比速度更快

　　它沉默的时候已经说出了全部

　　　　月黑风高夜　被它一再传唤的那个人

　　　　　　在村庄里收拾着自己破碎的铜镜和水瓮

万种音响被一个缺席者带走

　　留下高原上这苍茫的背景　落日　锈铁

　　　黄土里伸出的手在下沉

　　　　黄土里伸出的鼓声在下沉　下沉

59

我在马背上　在流沙里看尽了流云

我还在向上游张望　我看到在散落已久的泥娃娃之上

还有你的守候　你还在为谁守候

为什么在你说过的果子与蝉鸣里

为什么在泛青的枝头上　我摸到的总是幻影

何处是你的残留　你在梧桐树叶上潮湿的光斑

你在怀药的花朵上翻动身子的声音　像流水与阳光的

融合　为什么我却无法准确地说出你

为什么无法握着你

你稍纵即逝　在流沙的那边引颈而歌

在旅次的灯盏里　你无意间露出故乡苜蓿花的

香味　照见了我写下的关于流离的诗篇

我在马背上　在流沙里看尽了流云

我还在向上游张望　还在把香草和紫箫编织的花环

献给你　我用鸟声与波光写就的颂词献给你

我在风沙漫卷的回廊里静候　在你开口说话之前

我衣衫褴褛　形影孤单　一无所有　头上戴着流离的

帽饰　内心里灯火寂灭

我在无水无波的渡口上静候　在你开口说话之前

我用手指的关节轻叩着黄沙封门的河床　轻叩着

没有风灯的羊圈　轻叩着铁塔的底座

坝垛上依然没有你的回声

64

在皈依之前　我将收回这部诗歌

九月的入海口　你残损的躯体　你灯火暗淡的躯体

融入了无限和蔚蓝

大河在溃败　像一群散开的牛羊

一队回家的伤兵　朝圣者瞳仁里的虔诚

破落的母亲　散落的母亲　带领着我们兄弟姐妹

带领着看家的手艺和经书

融入了无限和蔚蓝

波浪翻卷　大海吹起螺号

白色海鸟的门楣里　珊瑚礁的门楣里

坐着蓝色的海神　阅历深广的海神

他看着人间的伟人们　巨大的影子　锈铁的影子

在流水上散开　平民们怀抱姓氏　家谱

和生殖散落在泥沙上

岩石的囚徒　幽深如岁月的囚徒　被自我囚禁的

囚徒　松开了绑绳

大地上的箴言　令牌　虎符　道器　随流而下

血与皮肤随流而下　泥沙与朽木随流而下

在九月的入海口　大河的最后汛期里　细小的汛期里

大地上的僧众　王者　生民　达官显贵　商贩　精英

败类

随流而下　在皈依之前

丢掉冠冕和权杖　丢掉风灯和水瓮

在海藻和长须鲸之上　是无限和蔚蓝

在皈依之前　我将收回这部诗歌

在九月的入海口　在最后的汛期里　细小的汛期里

你残损的躯体　你灯火暗淡的躯体

融入了无限和蔚蓝

【作者简介】马新朝（1954 年—2016 年），笔名原野，河南唐河人。历任河南省文学院副院长、诗歌学会会长，中国诗歌学会副会长等。1992 年加入中国作协。著有诗集《黄河抒情诗》《幻河》《低处的光》等。作品获《莽原》文学奖、《十月》文学奖、第三届河南省政府奖、第三届鲁迅文学奖等。

黄河静静流

陆　健

黄河啊我居住在离你不远的一座城市
我是个普通的人用不着亮出姓名
我在那里工作在那里谋食
创造高出我的索取数倍的价值
我有一个妻子有一个儿子更多的是朋友

夕晖在那个城市稳稳落下
是她自己要红的不是被我的鲜血灼伤
那楼群又高了一层　晚风把荣誉
交给了层层叠叠的手
沉下去了一辈辈　我们不久也会沉没大地
站起来我们的儿孙站起来的是中国

壮丽的事业赋予所有的人

一个人没有什么壮丽

刚强的性格分割成无数日子

朝夕里看不出刚强

生活的激动渐次、渐次

在我的习惯中减弱

没有大喜大悲不是阔别的归人不惊讶这变迁

我想你东入大海如倾倒苍劲狂舞的古树

我想你巨浪之马群长嘶于宁夏

浩荡荡掀起滚滚烟尘

从我居住的城市到这里有两行脚印连接

顶礼你的澎湃黄河你在静静地流

我想我已经认识了你黄河

感情的汹涌要一口一口地吐丝

我想我已经理解了你黄河

思想翱翔路必须一步步地走

黄河啊，你曾多少次接受

像我这样的青年的投影了

黄河你百次千次滋润也冲刷着平原

【作者简介】陆健（1956年—　），历任中央人民广播电台文艺部、《奔流》杂志、《散文选刊》编辑，中国传媒大学教授。1991年加入中国作协。著有诗集《名城与门》《日内瓦的太阳》《洛水之阳》等，出版包括文学评论集、书法集等作品 20 余部。曾获《十月》《人民文学》奖项。

陪好友看黄河入海口

曹宇翔

一条史诗大河，到此变得雄浑
迟滞，浩茫。流浪千年的水找到故乡
一开始我以为，它们会抱头痛哭
或有惊天动地狂喜。浪头飞

飘向渤海低矮天空，无声无涯
融为一体。芦苇，荒甸，一声啁啾
近海波涛冒出一座钻井平台，夕晖
委婉逆光，站着几只高大水鸟

非鸟，油田磕头机。像井绳打水
拽呀，从地底拎出黑褐液体远古
盐碱地埋着输油管道，伏地附耳细听
隐隐传出恐龙灭绝时哀叫，巨鲸

击浪之音，窸窣吱喳似乎鸟语

我读过黄河平淡开头，也见过中间

高潮突起的几个章节，这是第二次看

它敞开的松散结尾。像了一心事

陪一位长我一岁的好友而来

在北京，我二十岁时与他相识

我当兵回老家探亲，他给我乡下母亲

捎过稻香村点心。几十年情谊

一直想陪这位兄长出来转转

谁承想啊，到了万里黄河入海口

一脚踏进荒寂乐团众声合唱

鞋底，哈哈，大半个中国黄泥

【作者简介】曹宇翔（1957年—　　），军旅生涯多年，大校军衔，国家新闻出版广电总局全国新闻出版行业领军人才。1993年加入中国作协。著有诗集《青春歌谣》《纯粹阳光》《祖国之秋》等。曾获中国人民解放军新闻奖、鲁迅文学奖。

黄河壶口

冬　青

不因我们来了

一直平躺着的黄河

在临近壶口之处　突然起身

宽大的河流　拦腰折断

泥沙　鱼骨　漩涡挣扎

由暴走改为俯冲

冲决至断崖处

瞬间　冲破了自己

大水袭击了壶口之心

顷刻淹灭了壶口的真相

万世已去　壶口仍在

只是水下的岩石　早已没了棱角

壶口　定有主大势者

一直怒吼在光阴的深处

支撑岩石活着

抵得住怒水的冲刷

岩石活着　壶口便活着

天水翻卷之处　没有死

黄色的稠浆里有石头和吼声

深流坠入深流　波涛埋葬波涛

前路未及探明　便已咆哮直下

它们身体前倾　拱起　冲撞

不惜崩溃和飞逝

以抵御平原的涣散

一切伟大的事物　终是越过折曲

奋力前倾　以死亡获取永生

沉寂的滩涂　是来认领回声的吗

大地深处的悲怆　就要冲出赤裸的胸口了

【作者简介】冬青（1960 年—　），女，中国作协会员，上海作协理事。诗集《冬青诗选》《大海究竟有多老》，获上海作协年度作品奖。诗作《别父》获中国诗歌网"暖家"征文特等奖。2017 年获第十一届上海文学奖。

大　河

——献给黄河

吉狄马加

在更高的地方，雪的反光

沉落于时间的深处，那是诸神的

圣殿，肃穆而整齐的合唱

回响在黄金一般隐匿的额骨

在这里被命名之前，没有内在的意义

只有诞生是唯一的死亡

只有死亡是无数的诞生

那时候，光明的使臣伫立在大地的中央
没有选择，纯洁的目光化为风的灰烬
当它被正式命名的时候，万物的节日
在众神的旷野之上，吹动着持续的元素
打开黎明之晨，一望无际的赭色疆域
鹰的翅膀闪闪发光，影子投向了大地
所有的先知都蹲在原初的那个入口
等待着加冕，在太阳和火焰的引领下
白色的河床，像一幅立体的图画
天空的祭坛升高，神祇的银河显现

那时候，声音循环于隐晦的哑然
惊醒了这片死去了但仍然活着的大海
勿须俯身匍匐也能隐约地听见
来自遥远并非空洞的永不疲倦的喧嚣
这是诸神先于创造的神圣的剧场
威名显赫的雪族十二子就出生在这里
它们的灵肉彼此相依，没有敌对杀戮

对生命的救赎不是从这里开始
当大地和雪山的影子覆盖头顶
哦大河，在你出现之前，都是空白

只有词语，才是绝对唯一的真理
在我们，他们，还有那些未知者的手中
盛开着渴望的铁才转向静止的花束
寒冷的虚空，白色的睡眠，倾斜的深渊
石头的鸟儿，另一张脸，无法平息的白昼

此时没有君王，只有吹拂的风，消失的火
还有宽阔，无限，荒凉，巨大的存在
谁是这里真正的主宰？那创造了一切的幻影
哦光，无处不在的光，才是至高无上的君王
是它将形而上的空气燃烧成了沙子
光是天空的脊柱，光是宇宙的长矛
哦光，光是光的心脏，光的巨石轻如羽毛
光倾泻在拱顶的上空，像一层失重的瀑布
当光出现的时候，太阳，星星，纯粹之物
都见证了一个伟大的仪式，哦光，因为你
在明净抽象的凝块上我第一次看见了水

从这里出发。巴颜喀拉创造了你
想象吧，一滴水，循环往复的镜子
琥珀色的光明，进入了转瞬即逝的存在
远处凝固的冰，如同纯洁的处子
想象吧，是哪一滴水最先预言了结局？
并且最早敲响了那蓝色国度的水之门

幽暗的孕育，成熟的汁液，生殖的热力
当图腾的徽记，照亮了传说和鹰巢的空门
大地的胎盘，在吮吸，在战栗，在聚拢
扎曲之水，卡日曲之水，约古宗列曲之水
还有那些星罗棋布，蓝宝石一样的海子

这片白色的领地没有此岸和彼岸
只有水的思想——和花冠——爬上栅栏
每一次诞生，都是一次壮丽的分娩
如同一种启示，它能听见那遥远的回声
在这里只有石头，是没有形式的意志
它的内核散发着黑暗的密语和隐喻
哦只要有了高度，每一滴水都让我惊奇
千百条静脉畅饮着未知无色的甘露
羚羊的独语，雪豹的弧线，牛角的鸣响
在风暴的顶端，唤醒了沉睡的信使

哦大河，没有谁能为你命名
是因为你的颜色，说出了你的名字
你的手臂之上，生长着金黄的麦子
浮动的星群吹动着植物的气息
黄色的泥土，被揉捏成炫目的身体
舞蹈的男人和女人隐没于子夜
他们却又在彩陶上获得了永生

是水让他们的双手能触摸梦境

还是水让祭祀者抓住冰的火焰

在最初的曙光里，孩子，牲畜，炊烟

每一次睁开眼睛，神的面具都会显现

哦大河，在你的词语成为词语之前

你从没有把你的前世告诉我们

在你的词语成为词语之后

你也没有呈现出铜镜的反面

你的倾诉和呢喃，感动灵性的动物

渴望的嘴唇上缀满了杉树和蕨草

你是原始的母亲，曾经也是婴儿

群山护卫的摇篮见证了你的成长

神授的史诗，手持法器的钥匙

当你的秀发被黎明的风梳理

少女的身姿，牵引着众神的双目

那炫目的光芒让瞩望者失明

那是你的蓝色时代，无与伦比的美

宣告了真理就是另一种虚幻的存在

如果真的不知道你的少女时代

我们，他们，那些尊称你为母亲的人

就不配获得作为你后代子孙的资格

作为母亲的形象，你一直就站在那里

如同一块巨石，谁也不可以撼动

我们把你称为母亲，那黝黑的乳头

在无数的黄昏时分发出吱吱的声音

在那大地裸露的身躯之上，我们的节奏

就是波浪的节奏，就是水流的节奏

我们和种子在春天许下的亮晶晶的心愿

终会在秋天纯净的高空看见果实的图案

就在夜色来临之前，无边的倦意正在扩散

像回到栏圈的羊群，牛粪的火塘发出红光

这是自由的小路，从帐房到黄泥小屋

石头一样的梦，爬上了高高的瞭望台

那些孩子在皮袍下熟睡，树梢上的秋叶

吹动着月亮和星星在风中悬挂的灯盏

这是大陆高地梦境里超现实的延伸

万物的律动和呼吸，摇响了千万条琴弦

哦大河，在你沿岸的黄土深处

埋葬过英雄和智者，沉默的骨头

举起过正义的旗帜，掀起过愤怒的风暴

没有这一切，豪放，悲凉，忧伤的歌谣

就不会把生和死的誓言掷入暗火

那些皮肤一样的土墙倒塌了，新的土墙

又被另外的手垒起，祖先的精神不朽

穿过了千年还赶着牲口的旅人

见证了古老的死亡和并不新鲜的重生
在这片土地上，那些沉默寡言的人们
当暴风雨突然来临，正以从未有过的残酷
击打他们的头颅和家园最悲壮的时候
他们在这里成功地阻挡了凶恶的敌人
在传之后世并不久远的故事里，讲述者
就像在述说家传的闪着微光温暖的器皿

哦大河，你的语言胜过了黄金和宝石
你在诗人的舌尖上被神秘的力量触及
隐秘的文字，加速了赤裸的张力
在同样事物的背后，生成在本质之间
面对他们，那些将会不朽的吟诵者
无论是在千年之前还是在千年之后
那沉甸甸丰硕的果实都明亮如火
是你改变了自己存在于现实的形式
世上没有哪一条被诗神击中的河流
能像你一样成为一部诗歌的正典
你用词语搭建的城池，至今也没有对手

当我们俯身于你，接纳你的盐和沙漏
看不见的手，穿过了微光闪现的针孔
是你重新发现并确立了最初的水
唯有母语的不确定能抵达清澈之地

或许，这就是东方文明制高点的冠冕
作为罗盘和磁铁最中心的红色部分
凭借包容异质的力量，打开铁的褶皱
在离你最近的地方，那些不同的族群
认同共生，对抗分离，守护传统
他们用不同的语言描述过你落日的辉煌
在那更远的地方，在更高的群山之巅
当自由的风从宇宙的最深处吹来
你将独自掀开自己金黄神圣的面具
好让自由的色彩编织未来的天幕
好让已经熄灭的灯盏被太阳点燃
好让受孕的子宫绽放出月桂的香气
好让一千个新的碾子和古旧的石磨
在那堆满麦子的广场发出隆隆的响声
好让那炉灶里的柴火越烧越旺
火光能长时间地映红农妇的脸庞

哦大河，你的两岸除了生长庄稼
还养育了一代又一代名不虚传的歌手
他们用不同的声调，唱出了这个世界
不用翻译，只要用心去聆听
就会被感动一千次一万次的歌谣
你让歌手遗忘了身份，也遗忘了自己
在这个星球上，你是东方的肚脐

你的血管里流淌着不同的血
但他们都是红色的，这个颜色只属于你
你不是一个人的记忆，你如果是——
也只能是成千上万个人的记忆
对！那是集体的记忆，一个民族的记忆

当你还是一滴水的时候，还是
胚胎中一粒微小的生命的时候
当你还是一种看不见的存在
不足以让我们发现你的时候
当你还只是一个词，仅仅是一个开头
并没有成为一部完整史诗的时候
哦大河，你听见过大海的呼唤吗？
同样，大海！你浩瀚，宽广，无边无际
自由的元素，就是你高贵的灵魂
作为正义的化身，捍卫生命和人的权利
我们的诗人才用不同的母语
毫不吝啬地用诗歌赞颂你的光荣
但是，大海，我也要在这里问你
当你涌动着永不停息的波浪，当宇宙的
黑洞，把暗物质的光束投向你的时候
当倦意随着潮水，巨大的黑暗和寂静
占据着多维度的时间与空间的时候
当白色的桅杆如一面面旗帜，就像

成千上万的海鸥在正午翻飞舞蹈的时候
哦大海！在这样的时刻，多么重要！
你是不是也呼唤过那最初的一滴水
是不是也听见了那天籁之乐的第一个音符
是不是也知道了创世者说出的第一个词！

这一切都有可能，因为这条河流
已经把它的全部隐秘和故事告诉了我们
它是现实的，就如同它滋养的这片大地
我们在它的岸边劳作歌唱，生生不息
一代又一代，迎接了诞生，平静地死亡
它恩赐我们的幸福、安宁、快乐和达观
已经远远超过了它带给我们的悲伤和不幸
可以肯定，这条河流以它的坚韧、朴实和善良
给一个东方辉煌而又苦难深重的民族
传授了最独特的智慧以及作为人的尊严和道义
它是精神的，因为它岁岁年年
都会浮现在我们的梦境里，时时刻刻
都会潜入在我们的意识中，分分秒秒
都与我们的呼吸、心跳和生命在一起
哦大河！请允许我怀着最大的敬意
——把你早已闻名遐迩的名字
再一次深情地告诉这个世界：黄河！

2017 年 12 月 4 日

注 释

扎曲、卡日曲、约古宗列曲：为黄河源头三条最初源流的名字。

【作者简介】吉狄马加（1961 年—　），中国当代具有广泛影响的国际性诗人之一。其作品已被翻译成近 40 种文字，在几十个国家出版了 80 余种版本的翻译诗集。现任中国作协副主席、书记处书记。曾获中国第三届新诗（诗集）奖、郭沫若文学奖荣誉奖、庄重文文学奖、肖洛霍夫文学纪念奖、国际华人诗人笔会中国诗魂奖、南非姆基瓦人道主义奖等。创办了青海湖国际诗歌节。

黄河记

刘向东

晨雾消散了
大河在我身边停住
黄土，一疙瘩一疙瘩堆积黄土
当摆渡的大船摆过来
才知道大河依旧是大河
河山依旧

落日沉沙

大河在我脚下停住

斗水七升泥沙

黄土推动黄土

我担心大河不再流动

不再追问谁主沉浮

多少回想打马重走泥丸

打探大河的源头

汉霸二王城

半城东流

大河在你热血中停住

你在铁窗前听风听雨

披一身飘飘白发

自己枕着自己的头颅

死不瞑目

听鱼龙倾诉

先人临水结庐

大河在历史深处停住

为什么大禹俯身水浒

三年不腐

男女老少崇拜龙

任其经风经雨

盘绕于江山一柱

是黄河清了出圣人

还是圣人出了黄河清

大河因沉重而失去速度

最终在奔腾的回声中停住

上溯五千年

拖泥带水的心愿

是这样的心愿

老河口锅碗瓢盆倒扣着

为种子拢住大地之气

而血汗推动一天灯火

半是抵达

半是幻影

2015 年春

【作者简介】刘向东（1961 年—　），中国诗歌学会副会长、河北省作协副主席、《诗选刊》主编。出版有诗文集《母亲的灯》以及英文版《刘向东短诗选》等 26 部。作品被翻译成英、俄、法、德、日等多国文字。曾获中国作协优秀作品奖、冰心散文奖、孙犁文学奖等。

黄河歌谣

杨志学

暗夜里响着她的涛声

黎明中看到她的巨浪

远隔千里万里之外的游子

都能听到她

盖过一切声音的呼唤：

哗哗——轰隆，哗哗——轰隆

像是一位坚忍的巨人

从长长的睡眠中醒来

一个坚定的声音

从大合唱里渐起、渐强

随即表明了

她的潮流，她的走向

斩棘的先锋

擦亮铜质的长号

船工的号子

融汇进时代的波涛

咆哮的长龙
从山谷向着大海流淌
奔腾的浪花
溅起两岸金黄

雄浑苍茫的大野
生长纯朴热烈的向往
响起一种乐音
好像信天游的高亢
飘来清爽的气息
仿若茉莉花的芬芳

大河流淌，日夜不息
流淌在古老而年轻的土地上
大河奔流，日夜歌唱
向着东方，向着辽阔的海洋……

【作者简介】杨志学（1962 年—　），文学博士，中国作协会员。历任《诗刊》编辑部主任、中国诗歌网负责人等。著有《诗歌：研究与品鉴》《诗歌传播研究》《谁能留住时光》等。主编诗集《新中国颂》《永远的新中国》等 20 多部。诗歌获《上海文学》奖等。曾受中国作协委派，作为中国诗人代表团团长出访塞尔维亚。

黄河新娘

王芬霞

再喝一口那清凌凌的黄河水
再梳梳又黑又长的大辫子
再看看水中俊俏的模样

穿上红裙子
你是黄土高坡最亮丽的风景
唱一首黄河谣
惊飞了宛转的百灵

母亲坐着羊皮筏子
从河那边到河这边
红盖头遮住了母亲绯红的脸
黄河浪激荡着父亲火热的心

父亲的歌声吼过了黄河的浪涛
母亲偷偷掀起了盖头的一角
父亲的背影让她觉得可依可靠

洞房里的花烛红到天亮

喜鹊在窑上唱歌的时候

母亲就像布谷鸟叫

催着父亲走出喜窑

黄牛犁开了塬上的黄土

父亲追逐日出流云

弯腰扶犁就像亲吻飘香的泥土

母亲在父亲翻过的土地上

撒下一粒粒种子

脸上笑成早春的花儿

她盼着秋风吹过塬头的日子

仓里盛满金子一样的五谷

裹着黄土的风

粗砺地切割着母亲的脸

一个春去秋来

黄河畔的新娘

眨眼间就成了

黄土坡上的婆姨

明天

你将嫁给河那边的春生

你不想重复母亲的故事

你和春生，在大学里相识

你劝春生

回来建设家乡的土地

让荒了千年的黄土

变成青山绿水的彩图

春生说，我俩是心有灵犀

知识可以改变命运

也可以创造奇迹

河畔那架黄土大塬

就是我送你的嫁衣

春天，我们一起开启

一个青春季节的种养殖模式

定亲的日子，还是准黄河新娘

你就，憧憬这里会长出

超越荷兰的郁金香

和胜过伊犁河谷的薰衣草

一架大塬，只要洒透青春的汗水

未来的收成

定会羞涩以色列的农人

你憧憬着北上广深的超市里

摆着来自黄土大塬的蔬菜、果品、奶品

还有鲜花和掌声

父亲的羊皮筏子

换成了春生开满鲜花的汽艇

黄河新娘的盖头

舞成了跨越黄河的彩虹

时代不同，梦也不同

黄河新娘的梦

在黄河边绽放瑰丽的花朵

【作者简介】王芬霞（1962 年— ），女，甘肃省作协会员。已发表诗歌、散文 400 余首（篇），作品散见于《人民文学》《诗刊》《解放军文艺》《北京文学》《飞天》《延河》《星星》等 50 余家报刊，有诗作入选《中国年度优秀诗歌》等选本。

印象黄河

杨炳麟

印象里只有你的黄色和浑浊

知道你河床拱高，高过生命头颅

内陆省把你视为骄傲

看作北方的象征　比喻
你是卧在大地喘息的苍龙

印象里你是个驮土的圣灵
丘陵峰峦，高原流沙
甚至腐朽和荒芜，落叶和花朵
诞生和死亡都被轻易地搬挪
你的流动为你的凝固
做着充分的准备

一份失落人寰的贺柬
辞赋和泥沙垫高通天阶梯
灰黄的时间里，帝王文化与平民俚语
纠缠一起，食指所向
那里就是臣服你的子民

一根拧不干的纤索
上至封疆大吏下至草莽百姓
见到你见不到你
心都没有真正死过

脊背下终是不易觉察的惊涛
单靠记忆就能枕高整个北方哲学
你这被尊为生父生母的河流

对于大陆，无论沉寂或喧嚣

都是一根抽不出躯体的筋

【作者简介】杨炳麟，中国作协会员，中国诗歌学会理事，河南省诗歌创作研究会会长，《河南诗人》诗刊主编。著有诗集《内陆省的河流》《尘世》及文论集《失语与暗码》等。诗歌入编《大学语文》教材及各种诗歌年选。获河南省政府文艺成果奖、河南省"五四"文艺奖、首届杜甫文学奖、《诗刊》征文奖等。

黄河故事

吴元成

我是古老的

是古老的杭育声

亿万年，我和你相濡以沫

喧哗着，骚动着

奔腾着，席卷着

用浑浊的泪水洗涤灾难

用甘甜的乳汁喂养五谷

用金黄的泥土夯筑城邦

直到用九曲的衷肠诉说新生

直到在郑州的邙山头听到毛泽东

热切地询问——

南方水多，北方水少，借一点来是可以的吧

听到他沉稳地宣告——

一定要把黄河的事情办好

安澜不再是梦境

我才真正舒缓身心，轻歌慢吟

为大河上下喷薄出

每一个灿烂的黎明

我是年轻的

是年轻的交响曲

七十载，我和你见证奇迹

演奏着，弹拨着

舞蹈着，歌唱着

用一道道高坝束缚洪流

用一座座平湖涵养云影

用飞翔的翅膀装点蓝天

直到用调水调沙刷新河床

直到在河南郑州又一次听到

谆谆教诲——

共同抓好大保护，协同推进大治理

和殷殷嘱托——

让黄河成为造福人民的幸福河

美好不再遥不可及
我才真正明白，宁静方能致远
并将和千万黄河儿女一起
幸福地流淌

我是时尚的
是时尚的风景线
在未来的日子里
等着你把我扮靓
期盼着，希冀着
欢笑着，张望着
让我的大堤更巩固
让我的湿地更湿润
让我的大小支流更清澈
让我的芦苇更飞花
让我的杨柳更妖娆
让两岸的田野更丰盈
让拔节的城市更长高
让我更像一条母亲河
更博大，更充实，更慈爱
让所有的你，所有的我
更美丽，更快乐

那个时候，你再来到我的身边

我会用温润的歌唱欢迎你

我会用甜蜜的浪花拥抱你

让我成为你，让你成为我

浩浩汤汤，袅袅娜娜

共同礼赞一个伟大的中国

【作者简介】吴元成（1962 年—　　），中国作协会员，中国散文学会会员，河南省诗歌学会执行会长，河南省网络文学学会副会长。出版诗集、文集等 9 部，获杜甫文学奖、河南省"五个一工程"奖、河南省第六届文学艺术成果优秀奖、中原诗歌突出贡献奖等。

悬天壶口

第广龙

一腔黄河

跌进壶口，就是千古一吼

高山之高，厚土之厚

都是壶口的底气

壶口，永远也倒不了嗓子

吼出民族的血性

吼出天地间最大的肺活量

我来到壶口
转生了十辈子
每一辈子都和壶口对接
贯通生命，沸腾生命
下一辈子，养育我的还是黄河

我抬举全身的火热
抬举梦想
唯有黄河，才让我敢恨敢爱
崇尚大气的人生
保持一种朴素的本色

走遍黄河两岸，沉默无言的泥土
生长五谷杂粮的温暖
沉默无言的脊背
驮起风风雨雨的沉重

黄河，用壶口把苦乐只唱了一半
另一半化成了信天游
化成了秦腔
另一半，也是黄河
也是壶口

【作者简介】第广龙（1963 年—　），甘肃诗歌八骏，中国作协会员。已结集出版 9 部诗集、10 部散文集。曾获首届、第三届、第四届中华铁人文学奖，敦煌文学奖，黄河文学奖，全国冰心散文奖等。现任中国石油作协副主席。

跟着黄河在这儿拐弯

髯　子

坐上羊皮筏子，漂——

如果对峙的两岸，突然用我和你

弥合感情的裂缝，不要把黄河

比喻成一把二胡的嗓子，也不要把我和你

比喻成两支横吹的笛子，只需把速度

放缓放慢，缓到

流水刚好给我们谱上曲，慢到

你的北面刚好靠在我的南面

坐上羊皮筏子，跟着黄河在这儿拐弯

前面是早晨，后面有黄昏

说到正午——

是一道时光的峡，不是门

要窄身而过，如果我和你加起来

等于岸边两棵桃树之间的一段光阴——

刚被匆匆拉直，又被匆匆折弯了

我和你说出的长，是从东到西的长

我和你说出的远，是从古至今的远

坐上羊皮筏子，跟着黄河在这儿拐弯

弯儿，是曲折的道理

弯儿，是礼让

弯儿，是水绕山环

弯儿，是柔肠和缘分——

我和你拥抱，只需要往里拐的胳膊肘

不需要转折词：然而和但是

【作者简介】髯子（1963 年—　），甘肃白银人。诗歌散见于《诗刊》《星星》《诗歌月刊》《诗选刊》《中国诗歌》等，并入选 40 多种年度诗歌选本和选集。获第五届黄河文学奖、第三届飞天十年文学奖等奖。

倾听黄河

高金光

春日里，我喜欢

独自一人去倾听黄河

静静地坐在黄河边

油菜花烂漫于身后

爽风扑来　麦香扑来

这意境说不出的美妙

倾听黄河

我是在倾听波浪的声音

那声音很细碎

像古筝丝弦上的一个个音符

玎玎玲玲

其实，黄河本来就是一架古筝

它摆放在北中国蓝色的天空下

只是被黄皮肤的民族

弹奏千年了

有点发黄

但那根丝弦

仍然有力　闪着光芒

应该说，有一个难得的春日

去倾听黄河

并不是我一个人的愿望

所有经过黄河哺育过的人们

所有热爱黄河珍惜黄河的人们

都愿意来到黄河的身边

听它昔日的诉说和咏叹

听它今天的奏鸣和歌唱

【作者简介】高金光（1964 年—　　），1986 年毕业于河南大学中文系。中国作协会员，河南省诗歌学会名誉会长，河南省首批"中原文化名家"。现任河南日报报业集团党委委员、副社长。出版诗文集 9 部，其中评论集《浅草集》获河南省第三届文学艺术优秀成果奖，诗集《人间呼吸》获第二届杜甫文学奖。

歌唱黄河

聂　沛

1

我们是黄河的子孙是黄河老船夫的子孙

我们是黄河少年，为了大草原磅礴的日出

为了黄河从无法记忆的恐龙与神话时代

从蹒跚的黑夜从悲壮历史的巨野中奔来

唱一支赭黄的歌

2

黄河啊！

你同刚果河、尼罗河一样深刻地哺育了人类

哺育了橡树、小麦和马，你带来繁荣与热情

我能够想象第一艘木船下水时有怎样的节奏

能够想象远去的船夫们怎样拉起了纤绳

而他们的孩子们在滚烫的船歌中荡漾

我们来自你古老的渊源，这土地般神圣的

黄金的冠冕是沉重的箴言也是骄傲的显示

大禹的汗水和抗日将士饮马的身姿如此亲切

五千年来，一代又一代从认识你的那天开始

那么多的神和偶像渐渐地在半路上死去

而只有你，河流之父！而只有你霍霍一抖

抽得群山至今还动荡不安。它们终日咩咩

如草原上的羊群急速地回旋，然后奔向东方

3

在你泥浆的胸膛上安息着许多不驯的灵魂

古老的龙骨破碎的残骸如今陈列在博物馆

哑了喉咙的烽火台沉默着，许多日子飞散了

那个没有鱼歌唱的白昼艰难地躲进酒坛里

在灯红酒绿的荒淫之外，先辈是那样干渴

绞紧岁月扭动着，你是一条痛苦的龙

枯涩的声音曾经同苍云和岩石一样变得僵硬

那些因忧郁而常揍女人的人们再见不到

那些用肩膀哭泣、富有太阳风的人再见不到

我们同着阳光的步履走进历史里，执着地

寻觅，只索取一些碰在峭壁上回荡的号子和脚印

江鸥仍飞翔，波浪击响沉思的心弦

那些碑立着的人们因为爱你而完成在死之上

黄河啊！

4

沉痛的回忆带来的寂静被你毅然切碎

在造山运动中折断过翅膀的大鹏朝向天空

你既是历史的教科书又是未来的象征

伸张丘峦般的脊背宛如一条蓬勃的火龙

当出鞘的太阳启开大门在白芨草上燃烧

莽莽黄土高原驰骋而至，滑落下一些惊诧

穿过雨和雪穿过旷野的无际和悬崖的间隙

带着雄狮的吼叫和新酿的桂花酒的芳香

为今天，所有与你一样沉重的头颅抬起

而且汇合你的呼吸化为你澎湃的浪头

有风呼啸而来同我们搏击在一块，旗帜

如虎健举之尾拽着条条延伸的曲子潮涌奔腾

时间被踏得痉挛；一个个新的奇迹产生

一切海洋般宽阔的远方的消息都是我们的

森林般的船帆充满力量永远标志你的年轻

你伟大的启示灌溉着中华民族崇高的精神

我们与你一同前进

一同劳作

一同放歌

黄河啊！

【作者简介】聂沛（1964 年—　），1985 年在《诗刊》头条发表处女作。2008 年加入中国作协。现为湖南省作协诗歌委员会委员，衡阳市作协副主席。著有诗集《季节河》《文艺湘军百家文库·聂沛卷》《天空的补丁》，长诗《下午是一条远逝的河》《蝗虫》等。

郑州黄河湿地

萍 子

一走进郑州黄河湿地

我就找回了自己

那个沉睡于童年岸边

无忧无虑的孩子

香蒲，芦花

总是与人隔着一只船的距离

天鹅，灰鹤

依然和地隔着一阵风的距离

如果骑上大雁的翅膀

会飞到哪里呢

长满青麻的塘坳

是不是小泥人的出生地

在葛巴草车前子的绒毯上

我宁愿忘怀所有知识

苦难在这里久久沉积

仿佛母亲未干的泪滴

苦苦菜刺角芽下锅的日子

抬头可见。我垂下眼

不忍直视曾经的真实

文明在这里诞生发育

历史在这里层层堆积

河床耸立

高过田野、村庄、屋脊

在中原纤细的神经上

时时触痛人们的心绪

所幸，有湿地之陈酿可以解忧

有湿地之清泉可以解渴

可以滋养，净化

可以调适，依止

深邃、广阔而母性的爱

一如温柔慈悲的泪水

一如纯净无染的甘醴

护佑万物苍生

吐纳天地灵气

流泪并且欢笑吧

你看，野大豆和三春柳还在那里

东方白鹳和灰头麦鸡还在那里

母亲的爱还在那里

孩童的笑还在那里

大河汤汤，荻花茫茫

水草丰美，百鸟翔集

一幅锦绣，绵延三百里

如梦如幻，摇曳多姿

不，那不是梦

那是一汪爱的泪水

那是一股爱的甘泉

那分明是我们

不曾失落的记忆

【作者简介】萍子（1964 年—　），女，中国作协会员，河南省诗歌学会副会长、秘书长，省文学院专业作家。著有《纯净的火焰》《萍子观水》《此时花开》《我的二十四节气》《岁月花语》《大地之华》等诗集、散文集多部，曾获河南省文学艺术优秀成果奖、中原诗歌突出贡献奖。

长　风

何向阳

长风

你从哪里来

告诉我你经过的雪峰

它的名字

还有拥抱我时

你携带的寒冷

出自哪方湖泊的冰凌

你的来路我一一走过

但我已不记得

雪峰与湖泊的

姓名

或者

告诉我

长风

你的咆哮里

是哪场雨前的雷电

跑进我的眼帘

是哪座高原

任你驰骋而过

哪些弯腰俯身的灌木

接受你粗粝的抚摸

告诉我

你席卷而来的呼啸里

裹挟的草木

跳荡的音符

告诉我

那最高亢也最低沉的

是谁的呼号

是哪一代歌王

站在山岗上高歌

长风

告诉我

你的来路

让我看到你的风尘与灰烬

你途经的圣殿

让我触到

洁净的空气

火与水的纠缠

告诉我

那个背着行囊走路的人

他来自哪里

在哪一条岔道

他重又变得孤单

告诉我

那两行车辙远行的方向

它们又消逝于哪片空茫

长风

或者还有一声叫喊

被粗暴的汽笛撞断

一个缓慢的手势

被疾驶向前的车轮打乱

那一张张面孔

一个个身影

来自哪里

又急忙往哪里去

他们的神色

为什么那么慌乱

告诉我

谁人葬礼上的一声长叹

与谁人怀中婴儿的呼吸

奇迹般接通

长风

长风

你见识过两棵相像的树木吗

你见识过大地的干涸

风土的养成

你目睹过的果实最美的成熟

出自哪方土地

告诉我

在哪片天空下

爱语在耳边

丝丝缕缕

像小小的火苗

灵魂的战栗

长风

告诉我

你的行踪之上

那些纷至沓来的故事

没有结局的开始

那升上高空的

是谁将手中的焰火点燃

告诉我

那些拔地而起的城市

闪着什么样的光泽

那些安谧的乡村

旧衣上的寂静

告诉我

那些决绝的背影

掷地的话语

溅起的泥泞

告诉我

那些行人汹涌的路段

是谁催他们一再加速

又是什么蒙住了他们的

双眼

告诉我

是什么样的坚冰

覆盖了水的起源

是什么样的水

将心田的禾苗浇灌

告诉我

原野之上的雪

它们沉默了多长时间

告诉我

寒夜里这碗粥的来历

小米、大米、玉米、薏米

它们生长的地域和年份

告诉我

谁将它们收获

谁将它们熬制

又是谁将它们种植

告诉我

那手捧鲜花的少女的羞涩

告诉我

那被婴儿吮吸时为母的温存

告诉我

那执火穿越黑暗的人

如今去了哪里

长风

若你见他

请向他表达我的敬意

长风

最后

请告诉我

你漫长的履历

开始的地方

那里曾草木葳蕤

气血丰盈

正像时代的故乡

张着怀抱

却一直后退

长风

如你一样

我们已无法掉头

那被称作故乡的地方

是再也回不去的

地方

长风

这邮票大的地方

像一颗

小小的

心脏

长风　告诉我

今夜

它的跳动

是如何紧紧地

贴着我的

胸膛

2016 年 12 月—2017 年 1 月 15 日

【作者简介】何向阳（1966 年—　），女，生于河南郑州。作家，评论家。现为中国作协创作研究部主任，研究员。中国作家协会第六、七、八、九届全委会委员。出版有诗集《青衿》《锦瑟》等，获第二届"鲁迅文学奖"，第二届"冯牧文学奖"，第九届"庄重文文学奖"等 20 多项奖项。

黄河向东流

马利军

黄河向东流
峡谷里盛满液体的光亮，源头
一朵朵美丽雪莲，大功率机器
震撼肉体和心灵

黄河向东流
从蓝天开始，白云吹响横笛
低音：秦腔。高音：豫剧。
流浪的山东坠琴
可否是地图上的风沙

黄河向东流
先是草原上的马儿加快脚步

紧接着，天上的月亮也亮了

坐在院子里，我请求

泱泱流水

流经我的血管时

也给我安装一面月亮吧

黄河向东流

我的兰州、郑州和济南……

一重又一重激浪，怀揣幸福与暴力

将厚厚五千年，印在

我的小学课本

封面：

一记天生天长的闪电

黄河向东流

我在黄河口迎接

黄河泥沙和种子表达的情怀

落叶很轻，帆影很轻

小心翼翼地感受

一条黄河在我们心尖上奔流

【作者简介】马利军（1969 年—　），笔名马行。毕业于南京大学中文系。1991 年到胜利油田工作，历任地质勘探队测量员、胜利油田作协副主席等。2004 年加入中国作家协会。著有学术随笔集《中国古诗屋檐下》、诗集《慢轨》等。

黄　河

张　况

伏羲女娲传奇的泪

往下淌一百八十万年

站

起

来。就成了一个伟大民族

九九归一的

煌煌

血脉

壶口瀑布

神的指印。揭开

华夏大地的天灵盖

遂斟出这壶

五千年泛黄的

玉液

琼浆

【作者简介】张况（1971年—　），中国作协会员，中国诗歌学会理事，广东省作协主席团成员，佛山市作协主席。著有诗集《十二只古典白天鹅》等，诗评集《让批评告诉批评》，另有小说若干。主编诗集《佛山诗人诗选》《诗歌十人行》等。曾获广东省优秀评论奖、《芒种》2008年度诗人奖等。

代后记：

君言九曲如龙舞，我引黄河心上流

王国钦

黄河不仅是一条纯粹的自然河，而且是我们民族历史上的母亲河、文明河、文化河。数千年来，我们绵延不息的中华文明，就是以黄河文明为主要内容的文明；我们博大精深的中华文化，就是以黄河文化为主要内容的文化。在古埃及、古巴比伦、古印度、古中国等世界四大文明古国中，只有以黄河文明为主的中华文明至今绵延未断，可见其文化力量之雄浑、刚毅、强劲！

数千年来，历史上无数的诗人词家及辞赋作家，先后为我们留下了数不胜数的美篇佳构。从《诗经》到汉赋，从唐诗、宋词再到元曲、当代，浩若烟海的文学作品中不乏关于黄河的经典，而大量的文学作品也多产生于黄河流经的区域。比如王之涣的《登鹳雀楼》："白日依山尽，黄河入海流。欲穷千里目，更上一层楼。"又如王维《使至塞上》中的诗句"大漠孤烟直，长河落日圆"。再如李白《将进酒》中的"君不见黄河之水天上来，奔流到海不复还"，《赠裴十四》中的"黄河落天走东海，万里写入胸怀间"等诗篇诗句，无不脍炙人口、家喻户晓。而这些作品，也已经积淀成为我国文学史上的经典名篇（名句）。

2019 年 9 月 18 日，中共中央总书记、国家主席、中央军委主席习近平，在郑州主持召开"黄河流域生态保护和高质量发展座谈会"，并发表重要讲话强调：黄河文化是中华文明的重要组成部分，是中华民族的根和魂。要深入挖掘黄河文化蕴含的时代价值，讲好"黄河故事"，延续历史文脉，坚定文化自信；要让黄河成为造福人民的幸福河，为实现中华民族伟大复兴的中国梦凝聚精神力量。于是，黄河便又增加了根魂河、故事河、幸福河的新时代文化内涵！

总书记这里所说的"延续历史文脉，坚定文化自信"，是需要我们以实际行动去践行与落实的。在具体落实的过程中，既需要当代诗人词家创作出具有"新时代价值"的优秀作品，也需要当代出版人及时出版具有"新时代价值"的优秀图书。正是在这样的文化背景之下，这一本包容了古代诗词、古今辞赋、白话新诗等多种文体形式的《我引黄河心上流——历代黄河诗歌辞赋选》一书，便应运而生了。

《我引黄河心上流》一书的编选与出版，直接缘于中原出版传媒集团郭元军董事长的指导。他之所以在百忙中指导这个选本的出版，肯定是要彰显中原出版传媒集团的文化战略与文化担当。而且，他还特邀河南省文联党组书记王守国出任本书主编，可见他对本书之重视。同时，他也要求我这个诗词爱好者、河南文艺出版社"从一而终"的老同志担任本书的策划与责编。于是，我便深切感受到一份沉甸甸的文化责任。

此前，有个问题一直萦绕在我的思考中，党的十八大以来，习近平总书记反复强调指出，我们要坚持道路自信、理论自信、制度自信，最根本的还有一个文化自信。那么，到底何谓文化自信？而真正能够体现我们民族文化自信的文化内容是什么？又是什么形式持久而丰富地呈现了我们这些值得自信的文化内容？答曰：诗词歌赋，就是真正具有中国风格、中国特色、中国气派的文体形式！当然，书画作品也是中国独具特色的一种文化形式，但书画体裁所承载、所体现的，不也是以诗词歌赋为主的文化内容吗？

1957 年 1 月，新中国成立之后所创办的第一个全国性诗歌杂志《诗刊》诞生，毛泽东主席亲自给主编臧克家复信，并一次性以 18 首诗词作品集中刊发表示了最大的支持。当年《诗刊》创刊发行之际全国各地排队购买的盛况，至今令人激动不已。

整整 60 年之后的 2017 年 1 月，马凯同志（时任中共中央政治局委员、国务院副总理），激情澎湃地以一首七律为《中华辞赋》创刊三周年表示祝贺：

六载蓄芳莫谓迟，三秋竞放俏一枝。

花香自有群蜂聚，草碧任凭万马驰。

笔底沧桑收古赋，人间忧乐化新辞。

通灵钟吕呼和鼓，共为中华圆梦时。

2018 年 11 月 13 日下午，马凯同志又在中南海的办公室约见了《中华辞赋》总编辑闵凡路、常务副社长袁志敏一行，当面表达了他对于《中华辞赋》杂志发展的热切关心与充分肯定。

2018 年 12 月 16 日，中共中央办公厅、国务院办公厅在联合印发的《关于实施中华优秀传统文化传承发展工程的意见》中指出：

"实施中华优秀传统文化传承发展工程，是建设社会主义文化强国的重大战略任务，对于传承中华文脉、全面提升人民群众文化素养、维护国家文化安全、增强国家文化软实力、推进国家治理体系和治理能力现代化，具有重要意义。"其中提出的总体目标是："到2025年，中华优秀传统文化传承发展体系基本形成，研究阐发、教育普及、保护传承、创新发展、传播交流等方面协同推进并取得重要成果，具有中国特色、中国风格、中国气派的文化产品更加丰富，文化自觉和文化自信显著增强，国家文化软实力的根基更为坚实，中华文化的国际影响力明显提升。"

《我引黄河心上流》一书的编选出版，正是我们落实习总书记"延续历史文脉，坚定文化自信"，讲好"黄河故事"指示的实际举措之一，也是落实中共中央、国务院《关于实施中华优秀传统文化传承发展工程的意见》的具体举措之一。虽然一场突如其来的"新型冠状病毒肺炎"，让很多人在史无前例的庚子春节"蜗居"成一个个的宅男宅女。而《我引黄河心上流》的编选工作，恰恰是在庚子春节至今策划、编选、编辑完成的。所以，本书的出版便更拥有了一份抗"疫"而生的特殊意义。

董事长对于本书的编选工作一直挂念于心，于2020年2月24日下午专门听取了责编的工作汇报，并当场做出几项重要指示。尤其是对原定书名《黄河赋》，董事长特别指出"还可以再斟酌一下"。借鉴于本社"唐宋诗词名家经典类编"一套书将著名诗句选作书名的成功经验，责编连夜从本书中遴选了"黄河之水天上来""黄河如丝天际来""万里写入胸怀间""黄水奔流向东方""黄河女儿梳妆来""龙舞大河总朝东""我引黄河心上流"等 7 句诗，通过手机分别发给元军董事长、守国书记、陈杰社长，请他们分别从中参考挑选。结果，大家几乎心有灵犀地赞成用"我引黄河心上流"作新书名。作为责编，除了欣喜尤感喜出望外——这一句诗，原本就来源于我的七绝《中华黄河楼即兴》："疑是平川起蜃楼，风光两岸望中收。君言九曲如龙舞，我引黄河心上流。"在自己刚刚定稿的《黄河赋》中也有引用。同时，也恰恰是为本书"代后记"所草拟的标题。如此意外欣喜，使我多日来因工作而太过紧张的心情一下子得到不少慰藉并轻松了许多。

身居京华的副主编杨志学先生，不仅愉快地接受邀请，而且利用休息时间主持了"白话新诗"的编选工作。其间辛苦，不言自明。程遂营先生是河南大学文化产业与旅游管理学院的院长、教授、博士生导师，中国旅游研究院文化旅游研究基地首席专家。2014 年，曾受邀在央视《百家讲坛》主讲系列节目"六大古都"；2016 年，又受邀在央视《百家讲坛》主讲系列节目"黄河上的古都"。经河南省文旅厅领导推荐，程先生爽快地接受为本书作序的邀请，并很快完成了序文的撰写工作。郑州大学的刘玉叶教授，应邀主持了"古代辞赋"的编选、校勘、注释工作。

《我引黄河心上流》一书的编选出版，是一次领导重视、特事特办、团结协作的策划范例。这本书既包括了诗词、辞赋等传统的文学艺术形式，又贯通了从先秦到当代的悠久文化历史，也容纳了白话新诗、书画、摄影等当代艺术形式。本书的出版，对增进广大读者了解和理解黄河，对更好地展示黄河历史与黄河文化的巨大魅力，相信能够产生极大的引导与促进作用。

　　需要特别说明的是：入选本书的当代辞赋作品，多是责编自己平时留心收藏或在"抗'疫'宅居"期间搜集的，部分作者至今也无法取得联系。希望本书出版之后，这些作者能够与我们主动联系，以便按照本书统一方式支付报酬。至于当代的诗词作品，则因为作品数量太多、确实不便搜集、标准不便把握而暂时割爱了。如果可能，希望有机会编辑一本《当代黄河诗词选》。因为那样，才能对黄河文化的当代建设具有更为现实的时代意义。

　　本书即将付梓之际，我们谨向元军董事长、守国书记的大力支持与指导表示衷心感谢。对杨志学先生、刘玉叶教授的积极参与和认真编选，对程遂营先生欣然作序，对所有提供书画及摄影作品的艺术家们，同时表示诚挚感谢！为协调本书书法、绘画、摄影作品，河南省文联的姜宝平先生，从中做出了大量的工作，我们也一并表示诚挚感谢！

　　当此际，耳边不禁回响起自己在《黄河赋》结尾所写的那句话："黄河者，新时代之大河也。"

2020 年 4 月 30 日　于中州知时斋